넷이 따로 또 같이

홍종명·홍승표·홍정표·홍헌표 공저

넷이 따로 또 같이

홍종명·홍승표·홍정표·홍헌표 공저

도서출판 위

Contents

1부
깊은 물일수록 잔잔하다

뉴스가 중요하지만, 훈화도 중요하다

참 밋밋했다. 물론, 한 사람의 삶에는 다른 사람과는 차이가 있는 특별한 이야기가 있다. 그것만으로도 흥미로울 수 있다. 하지만 그런 이야기는 너무 널려 있다. 아무렇게나 텔레비전 채널을 돌려도 이런저런 '토크'가 즐비하다. 외려 사소한 사생활까지 지나치게 드러내서 보는 즐거움이 퇴색될 때가 적지 않다. 하물며 자서전이라 이름 붙이는 책을 몇 사람이나 읽겠는가. 그것도 네 사람의 회고록 비슷한 이야기를 한 권의 책에 담았을 때, 그 내용에 따른 감동 여부와는 상관없이 펼쳐볼 생각이나 할까? 애초에 사형제의 글로만 묶을 책에 '제삼자의 시각으로 본 사형제'를 포함하자고 제안한 것도 그래서였다.

한 번으로는 부족했다. 그래서 한 번 더 보자 했다. 크게 다를 게 없었다. 다시 한 번만 더 보자고 했다. 역시 잔상이 같았다. 여러 차례 만났으나 그저 동행일 뿐이었다. 취재에는 이르지 못했다.

이 농도 낮은 무심에 어떻게 붓을 댈까. 벼루가 닳도록 먹만 들입다 갈다가 마침내 먹까지 벼루에 달라붙어 화석(化石)이 되도록 화선지만 쳐다본다. 애초에 그들만의 얘기로 그냥 둘 걸 그랬다는 후회감이 짓누른다.

부인들을 만나게 해달라고 했다. 갈피 어딘가에 숨어 있을 '거리'를 찾아내려는 의도였다. 하지만 다를 게 없었다. 빛깔만 좀 다를 뿐이었다. 이 제안으로 하루하루가 더욱 적막강산 먹구름이었다.

텔레비전을 켰다. 잘 나간다는 프로그램 몇 곳을 찾아 채널을 돌린다. 빠른 전개, 빈번한 반전, 잦은 클로즈업이 대부분 공통점이다. 오랜만에 라디오를 듣는다. 사는 이야기, 살았던 이야기가 줄줄이 이어진다. 텔레비전에서도 이런 프로는 흔하다. 그런데 참 이상하다. 텔레비전과 라디오는 다르다. 구구절절 갖가지 사연이 쏟아지는 건 두 매체가 비슷한데 라디오는 한 번씩 콧등을 시큰거리게 하고 덩달아 빙긋 웃게도 한다. '그래 사는 게 별건가. 이런 거구나' 새삼스럽게 동화하게 한다.

그랬구나. 너무 총천연색에 익숙해 있었구나. 날마다 큰 충격을 주는 사건이나 대형 사고로 펑펑 터지는 세상이 되고 보니 흑백의 농담이 주는 상상력이 사라졌다. 온갖 잡다한 것으로 꽉꽉 채워지는 화면에서 '여백의 미'가 발붙일 곳이 없었다. 하지만 깊은 물일수록 잔잔하다는 사실은 언제나 유효하다.

우리는 중요한 것을 잊고 사는 듯하다. 법에만 관심이 쏠려 그 법을 왜 만들었는지에는 등한시했다. 호기심을 자극하는 지적 허영의 반복에 귀를 기울여 교과서를 너무 외면했다. 유행가도 필요하지만, 동시에 고전음악도 필요하다. 뉴스가 중요하지만, 훈화 말씀도 중요하다. 그것들은 얼마 지나지 않으면 금세 잊어버릴 시시콜콜한 이야기가 아니다. 낡은 잔소리가 아니다.

좀 상투적인 얘기겠지만, 한 사람의 인생은 그 시대의 한 단면을 보여준다. 사형제의 삶이 곧 그 시대라고까지 거창하게 확대할 것까지는 없지만, 특정 공간의 풍경이나 그곳에서 겪은 우여곡절은 세월의 골목길을 돌아 다른 사람의 삶에서도 나부낄 수 있다. 그것이 이 글을 쓰는 주요 이유이자 이 책을 내는 목적이기도 하다.

두터운 우애, 효성에서 비롯된 듯

　참 망각했다. 아무리 평범하게 매만진 삶이라도, 아무리 흔한 굴곡이라도 그것에서 오히려 자극을 받을 때가 있다. 사실, 나도 효성이라든가 형제 우애라든가 어릴 때 귀에 못이 박이도록 들었던 가치를 오랫동안 잊고 살았다. 이들이 그린 담채화를 보면서 그제야 새삼스럽게 다시 생각했다.

　여기저기를 뒤져봐도 형제 우애에 관한 자료는 많지 않다. '형님 먼저 아우 먼저'가 가장 많이 등장한다. 초등학교 교과서에 실린 이 이야기는 고려 말에서 조선 초까지 살았던 이성만·이순 형제의 실화라고 한다. 이미 알려진 이야기이지만, 다시 간략하게 정리하면 이런 내용이다.

　형제는 효성이 남달랐다. 부모가 살아 계실 때는 정성을 다해 맛있는 음식으로 봉양하고 마음을 즐겁게 해드리기 위해 애썼다. 돌아가신 후에 형은 아버지 묘를, 동생은 어머니 묘를 3년 동안 지켰다. 삼년상을 마친 후에도 조석으로 음식을 올렸다.

　함께 살던 동생은 결혼 후 분가해 농사를 지었다. 형은 벼를 추수하자 새로 살림을 차린 아우네를 위해 밤에 몰래 볏단을 갖다 놓았다. 아우는 조상 제사를 지내는 형님네에 더 많은 벼가 필요할 것으로 생각해 형님 집으로 볏단을 옮겼다. 이러다 보니 줄어들어야 할 볏짐이 늘 거의 그대로였다. 어느 날, 달밤에 서로 볏단을 옮기다가 마주친 형제는 그 이유를 알게 되자 부둥켜안고 울었다.

형제 이야기가 세상에 널리 알려지자 세종 2년 효자정려孝子旌閭를 내렸다. 정려최선 다한 노력를 기리기 위해 연산군 3년에 세운 효제 비孝悌碑는 1979년 예당저수지에서 마을 주민이 발견해 충청남도 유형문화재로 지정받았다.

투금(投金), 즉 금을 버린 이야기도 이에 못지않다. 형제가 금덩이를 주웠으나 우애를 지키기 위해 도로 버렸다는 설화혹은 실화이다. 이를《한국민속대백과사전》에서는 이렇게 설명했다.《고려사》 열전 권34 효우孝友 정유 전鄭愈傳에 처음 이 이야기가 나타나는데,《신증동국여지승람》에서 고려 공민왕 때의 일이라고 전제하면서 그 지역이 양천현 공암진이라고 지명을 밝혔다. 또,《경기도읍지》에서는 성산이씨 가승星山李氏家乘 기록을 근거로 이억년李億年, 1266~?과 이조년李兆年, 1269~1343) 형제의 일화라고 주장했다. 줄거리는 아래와 같은데, 공민왕 재위 기간 1351~1374과는 맞지 않는다는 주장도 있다.

어느 형제가 함께 길을 가던 중, 아우가 금덩어리 두 개를 주워서 하나를 형에게 주었다. 양천강陽川江, 지금의 경기도 김포시 공암진 근처에 이르러 배를 타고 강을 건너는데, 아우가 갑자기 금덩어리를 강물에 던져 버렸다. 형이 이상히 여겨서 물었더니 아우가 대답하기를, "내가 그동안 형을 매우 사랑했는데, 지금 금덩어리를 나누고 보니 갑자기 형을 미워하는 마음이 생겼습니다. 따라서 금덩어리는 상서롭지 못한 물건이라 차라리 강물에 던져 버리는 것이 낫다고 생각합니다."라고 했다. 이에 형도 "네 말이 과연 옳구나." 하고는 동생을 따라 금덩어리를 강물에 던져 버렸다.

형제 투금과 비슷한 이야기는 구전 설화에도 등장한다. 형제가 금덩이를 하나 발견했으나 둘로 나눌 수 없어 그냥 버리고 갔다. 나중에 다시 와보니 그 금덩이가 둘로 나뉘어 있었다. 형제는 하나씩 사이좋게 나눠 가져 잘살았다는 것인데, 형제가 다시 오기 전까지 그 금덩이가 다른 사람에게는 뱀으로 보였다는 이야기이다.

또 다른 이야기도 있다. 형이 고기를 잡아 배를 가르니 원하는 것은 모두 나오는 구슬이 한 개 나왔다. 형이 아우에게 가지라고 구슬을 주었으나 아우는 극구 사양하면서 형에게 가지라고 했다. 둘이 서로 가지라고 했으나 서로 받지 않아 결국 보물을 버리고 다시 고기잡이에 나섰다. 다시 잡은 고기 뱃속에서는 구슬이 두 개가 나왔다. '지성이면 감천'이라는 속담의 유래담由來譚으로 일컫는 지성이와 감천이 이야기도 형제 투금과 내용이 비슷하다.

효우孝友는 효성과 우애라는 뜻이다. 그런데 이 둘은 맞물려 있는 듯하다. 형님 먼저 아우 먼저 이야기에서도 그렇고, 투금 이야기가 나오는 정유 전에서도 효성이 지극한 아들이 형제 우애도 깊은 것으로 나타난다. 유가에서 덕목으로 장려했던 이유도 없지는 않겠지만, 그래서만은 아닌 듯하다. 유난히 우애가 깊다고 정평이 나 있는 홍 씨 사형제도 효심이 남달랐던 것을 보면 둘의 관계가 밀접해 보인다.

아니다, 꼭 그렇지는 않은 것 같다. 자녀들이 하나같이 부모를 받들고 따르면서도 그 부모가 힘을 잃으면 '왕자의 난'을 일으키는 예가 얼마나 많던가. 예전에도 그랬고 오늘날에도 마찬가지 아니던가. 재산이나 권력이나 혹은 명예가 방해하는 걸까. 아니다, 반드시 그런 것도 아닌 듯하다. 여러 사례가 그것을 입증해 주기는 하지만, 개연성이 농후하다고 해서 그게 필연은 아니다. 가난한 집안에서도 왕자의 난은 일어난다.

그렇다. 설명할 수 없는 것을 설명하려니 이렇게 무리가 따른다. 세상살이에 무슨 규칙, 무슨 방식이 따로 있을까. 홍 씨 사형제는 그들만의 문화로 효를, 우애를 그저 말없이 말하고 있을 뿐이다.

참 씁쓸하다. 본받을 만한 이들의 애기를 전하는 과정에서 나도 덩달아 즐거워야 하는데, 그렇지가 않다.

펜을 놓는다. 펜보다 소주 한잔이 더 좋을 때가 있다. 내 형제들 대신 홍 씨 사형제를 초청한다. 그들의 술잔을 받아 깨끗이 비운 빈 잔에 눈물이 뚝뚝 떨어진다. 햇살이 미친 듯이 달려와 부딪친다. 빛깔이 완연히 달라지는 산천인데, 바람은 여전히 눅눅하다. 나는 지금 곤지암에 와 있다.

2018년 9월 송년식(시인·아동문학가, 전 현대그룹 편집장)

2부
"성원아,
할아버지·할머니도 지켜보신다"

맏이 홍종명1953년생은 아버지가 군인이었을 때 이 부대 중대장이 지어준 호적상 이름이다. 하지만 집안에서는 이미 익표라 부르고 있었다. 그래서 국민학교 입학 때 '홍종명'을 호명했지만, 남 이름인 줄 알고 대답을 안 한 바람에 1년 뒤 입학해야 했다. 생일이 일러 한 살 위 형뻘과 동기일 수 있었는데 무산된 이유이다.

학교가 집에서 얼마 떨어져 있지 않아 운동회 때 삼삼오오 모여 식구와 함께 도시락을 나누지 못하고 집에 와 점심을 먹었던 아쉬움, 녹화사업에 나갔다가 점심으로 나온 죽 먹기를 거부해 굶은 채 시오리 길을 걸어오느라 탈진했던 후회감, 선생님의 말씀 한마디에 가고 싶었던 서울의 중학교에 입학 못 하게 된 어이없음이 있었지만, 맏이로서 혜택을 누렸다고 생각해 늘 동생들에게 미안해 한다.

어려운 살림에도 서울의 한양공고에 유학(?)하고, 졸업 후 광주군 실촌면 면사무소 근무를 시작으로 36년간 공직의 길을 걸었다. 광주군청의 여러 조직 계장과 과장직을 거쳐 문화복지국·총무국 국장 역임 후 명예퇴직. 이 과정에서 고향 실촌면의 면장으로 5년 4개월 일했다. 2009년부터 한국수자원공사 광주수도관리단장을 맡았고, 2012년부터 2017년까지 이 회사 전문위원으로 일했으며, 현재는 창호전문 건설업체인 ㈜금상엔지니어링에서 전무이사로 일하고 있다. 국무총리 표창1989년, 대통령 표창1993년, 근정포장2007년, 녹조근정훈장2009년 등을 받았다.

2009년 심장마비로 쓰러졌으나 절대로 삶을 포기하지 않는 아들, 이 아들을 위해 지금까지도 날마다 식사를 준비해 병원에 다녀오는 아내에게 가장 고마워한다.

국민학교 입학, 이름 때문에 1년 늦어져

민족의 비극인 6·25전쟁으로 민간인, 경찰, 국군과 UN군 등 수많은 사람이 사망했다. 가옥·관공서·병원·공장 등의 수많은 건물과 항만·철도·교량·발전소·탄광 등의 기간시설들도 엄청나게 파괴됐다. 이러한 전쟁의 와중에도 결혼과 출산으로 새 생명이 탄생하였는데, 나 역시 그중의 한 사람이다.

전쟁이 한창 치열해지자 아버지는 입대하셨고, 할아버지·할머니·큰아버지·큰어머니·삼촌 등의 일가족은 살고 있던 곤지암에서 떠나야 했다. 피난한 곳은 곤지암에서 7~8㎞ 떨어진 도척면 진우리 산골 마을.

피난 생활은 그리 길지 않았지만, 이 기간 할아버지와 외할아버지는 가까워지셨다. 아버지와 어머니의 혼사 이야기가 오갔던 것도 이에서 비롯됐고, 군 생활 중이셨던 아버지와 꽃 같은 처녀 어머니가 서로 얼굴도 모른 채 결혼식을 올리게 된 것도 이런 배경에서였다. 어른들의 중매로 결혼하게 된 아버지와 어머니 사이에서 나는 휴전이 이루어지기 몇 달 전인 1953년 2월 태어났다.

아버지가 첫 자식인 내가 태어난 것을 알게 된 것은 군부대에서였다. 당시 중학생인 막냇삼촌이 편지로 사실을 알렸던 덕분이다. 이때 아버지가 소속된 부대의 중대장이 내 이름을 지어주셨는데, 그 이름이 '홍종명洪宗明'이다. 넓고, 높고, 밝다는 뜻의 이 이름이 마음에 들어 아버지도 막냇삼촌에게 작명을 알리는 답장 편지를 보냈다. 이에 형인 아버지의 편지를 받아든 막냇삼촌은 면사무소에 가 출생신고를 마쳤다. 하지만 집안에서는 이미 내 이름을 익표翼杓라고 부르고 있었다. 이것이 내 이름이 두 가지인 이유이다. 어려서부터 국민학교 졸업까지는 '홍익표'로, 중학교 입학 후부터 지금까지는 '홍종명'으로 대부분 부른다.

당시의 국민학교 입학 기준은 지금과는 달랐다. 1월 1일부터 12월 31일 사이의 출생을 기준으로 삼은 것은 2009학년도부터이다. 종전에는 3월 1일부터 다음 해 2월 말일 사이의 출생이 기준이었다. 그러니까 2월 말 이전에 태어났다면 전년도에 태어난 한 살 위의 형뻘과 동기가 되는 구조였다. 정확한 이유는 모르지만, 아마 학년이 3월 초 시작하니까 행정 편의상 그렇게 했을 것으로 짐작한다. 아무튼 법령교육법에 따라 2월생인 나도 만 여섯 살이 된 1959년에 국민학교지금의 초등학교에 입학하게 돼 있었다.

입학식 날이었다. 어린 마음에 좋아라, 학교에 갔으나 어찌 된 일인지 입학생 명단에 내 이름이 없었다. 이 바람에 크게 실망해 울면서 집에 돌아와야 했다. 결국, 다음 해에 입학하였는데, 알고 보니 집에서 부르는 이름과 호적상의 이름이 달랐기 때문에 일어난 일이었다.

우리 집안에서는 내가 태어나기 전까지 줄줄이 딸만 낳았다. 사촌 누나가 세 명, 아들로는 내가 처음이었다. 그랬으니 얼마나 반가웠으랴. 나는 어른들의 사랑을 한껏 받으면서 유아기를 보냈다. 끼니마다 독상을 받아 식사하시는 할아버지의 밥상머리에 앉아 함께 밥을 먹었던 기억이 생생하다.

봄날이면 주로 사촌 누나들을 따라 동네 누나들과 함께 우리 논이 있는 '갈매 뜰'에 나가 달래, 냉이, 미나리, 돌나물 따위를 뜯으러 다녔다. 아지랑이가 아른거리고 종달새가 지저귀는 들판의 온갖 풀과 벌레, 물고기가 모두 벗이었다. 한마디로 자연이 곧 유치원이었다.

여름에는 집 뒤에 있는 중학교 운동장과 하천이 놀이터였다. 학교 운동장에서는 달리기, 공차기, 땅따먹기, 줄넘기, 그리고 잠자리 잡기에 몰두하느라 하루해가 짧았다. 냇가에서는 물고기 잡기, 헤엄치기가 주 종목이었다. 장마가 지면 엄청나게 불어난 물길을 가만히 바라보는 것도 구경거리였지만, 흙탕물 속에서 반도막대 그물로 물고기를 잡는 것이 더 재미있었다. 풀숲과 나무를 훑어 걷어 올린 반도 속에는 붕어, 피라미, 미꾸라지, 가재, 진개미가 들어 있고는 했다.

장마 후에 햇볕이 뜨겁게 내리쬐면 맑고 파랗게 변한 물속에 뛰어든다. 으레 물장구를 시작으로 물싸움을 거쳐, 빠른 물줄기에 몸을 실어 떠내려가는 헤엄을 즐긴다. 온몸의 힘이 다 빠질 때야 끝이 나는 재미난 놀이였다. 물놀이 때 가끔 힘이 센 아이가 머리를 눌러 물속에 처박아 놓기도 하는데, 이럴 때 나오려고 발버둥을 치면 안 된다. 바닥으로 내려갔다가 다시 올라오는 것이 물을 먹지 않는 요령이다.

가을에는 집 앞에 있는 산에서 밤을 줍고 들판에 나가 메뚜기를 잡기도 했다. 그런 가을은, 지금은 더하지만, 옛날에도 유난히 짧게 느껴졌다.

겨울이 되면 화로 앞에 앉아 고구마를 구워 먹기도 하고, 초가지붕 처마 밑에 달린 고드름을 따기도 하면서 설을 기다리곤 했다. 설빔을 멋지게 차려입고, 떡국과 함께 맛있는 음식을 먹을 수 있는 설날은 겨울의 끝 무렵이어서 더욱 기다려졌다.

누구나 그렇겠지만, 살아오면서 가장 걱정 없이 보낸 행복한 때가 바로 유년기가 아닐까, 나의 유소년 시절은 정서적인 풍요가 넘치는 시기였다.

이래저래 서울의 중학교에 못 가게 되고…

일생에서 제일 길고도 소중한 시기가 국민학교에 다닐 때가 아닐까 싶다. 지금처럼 어린이집이나 유치원에 가기가 거의 어렵던 시절, 학교 에서 처음 만나는 선생님과 친구는 보석 같은 존재들이었다. 이들과 함 께 공부하고 뛰놀면서 몸과 마음을 살찌우며 꿈을 키운 국민학교 재학 시기는 내 생애 최고의 시간이었다.

미술 시간에는 개울 건너에 있는 종축장지금의 도자공원 자리의 드넓은 옥수수밭과 소 떼가 거니는 풍경을 그리곤 했다.

봄 소풍과 가을 소풍 때는 주로 신대리와 삼리에 있는 밤나무 숲에 서 노래자랑도 하고 보물찾기도 하면서 즐겁게 지냈는데, 어머니께서 싸주시는 도시락에는 언제나 김밥과 삶은 달걀, 네모난 크라운산도 비 스킷 두 조각, 사이다 한 병이 들어있었다.

가을마다 열리는 운동회 때는 단체로 하는 체조와 매스게임 연습에 구슬땀을 흘리곤 했다. 단체경기는 으레 청군과 백군으로 나누어 승부 를 가리는데, 내 기억에 운동회의 꽃은 '박 터뜨리기'가 아니었나 싶다.

장대에 매달아 놓은 종이 바구니에 오재미를 던져 먼저 터트리는 팀이 이기는 경기인데, 단단하게 붙여 놓은 바구니가 터지면 오색종이가 가루처럼 쏟아지고 '반공', '승리' 따위의 구호가 적힌 긴 띠의 플래카드가 추락하듯 펼쳐졌다. 다만, 아쉬운 것이 있었다. 운동회의 점심시간이 되면 아이들은 구경 온 가족과 함께 전나무 그늘에 둘러앉아 삼삼오오 음식을 나눠 먹었지만, 나는 달랐다. 집이 학교에서 100m 밖에 떨어져 있지 않아 늘 집에 와서 점심을 먹어야 했기 때문이다.

수업이 끝나고 학교에서 돌아오면 어머니부터 먼저 찾곤 했다. 다행히 어머니가 집에 계시면 그렇게 마음이 놓이고 좋을 수 없었다. 특히, 봄과 여름보다 가을에는 어머니를 보기 쉽지 않았다. 밭에 나가 일하시는 날이 많아서였다. 이럴 때는 책가방을 마루에 던져놓고 밭으로 달려가 어머니부터 본 후에야 집에 먼저 돌아오곤 했다.

국민학교 5학년 늦가을이었다. 1반과 2반을 합해 전체 120명이 학교에서 6㎞ 떨어진 상오향리 산골짜기에 걸어서 싸리나무 씨를 따러 간 일이 있었다. 국가적인 산림녹화 사업을 강력하게 추진하던 시기였으므로 아마도 국민학교에까지 나무 씨를 따서 보내라고 지시했었을 것이다. 그날 점심은 옥수수죽이었는데, 나는 이를 먹지 않았다. 몇몇 가난한 집 아이들에게 점심 급식으로 옥수수로 만든 빵이나 죽을 쑤어 제공했던 때이므로 어린 마음에 그게 싫었던 모양이다. 결국, 굶은 채 십오 리나 되는 먼 길을 걸어서 해 질 무렵에야 집에 도착했으니 탈진하고 말았다. 이 바람에 저녁밥도 먹지 못하고 잠이 들었는데, 부모님께 큰 걱정을 끼쳐 드렸던 기억 중 하나이다.

내가 국민학교 다니던 시절에는 중학교도 시험을 보고 들어가야 했다. 6학년이 된 때였다. 담임선생님이 "장래를 위해서 중학교는 꼭 서울에서 다녀라. 그러려면 열심히 공부해야 한다."라고 말씀하셔서 나름대로 부지런히 입시를 준비했다. 그러나 이 꿈은 물거품이 되었다. 2학기가 되면서 1학기 때 담임선생님이 학교를 떠나고 새로운 선생님이 부임하셨는데, 그분이 '중학교는 그냥 여기서 다니고 고등학교 때 서울에 가도 늦지 않다.'고 집으로 의견을 보내신 게 원인이었다. 집안 형편이 어려워진 것도 큰 영향을 미쳤다. 그동안 할아버지와 할머니가 돌아가시고, 이어서 작은아버지가 결혼하게 돼 이런 애경사 때마다 논이나 밭을 팔아 살림이 크게 줄어들었기 때문이다. 결국, 광주경기도 곤지암읍의 곤지암중학교에 입학했다. 다행히 합격한 120명 중에 수석을 차지해 1학기 등록금을 면제받았다. 참고로, 중학교 무시험제도는 1967학년도부터 서울에서 시작해 1969학년도에는 10개 도시에서, 1971학년도에는 전 지역에서 시행됐다. 고교 무시험은, 소위 평준화 제도 도입이라는 이름으로 1974학년도부터 서울에서 시작해 이듬해부터는 부산·대구·광주 등 전국적으로 확대됐는데, 박정희 전 대통령의 아들 지만씨1958년생가 첫 수혜 집단의 한 사람이라 뒷말이 있기도 했다.

국민학교 졸업식이 며칠 지난 어느 날이었다. 이해 겨울 유난히 눈이 많이 내렸는데, 학교에 와달라는 연락이 왔다. 나 말고도 몇몇을 더 불렀는데, 농사 때문에 수업을 못 받고 졸업식에도 참석하지 못한 급우의 졸업장을 대신 전달해 주기를 부탁하기 위해서였다. 우편을 이용해도 될 일이었을 텐데 굳이 선생님이 우리를 부른 까닭은 그렇게 해서라도 제자를 다시 한번 보고 싶어서였을 듯하다. 선생님과 우리는 발목 위까지 쌓인 눈을 밟으며 궁평리와 도웅리까지 삼십 리를 걸었다. 이 친구들, 잘 살아 있다. 손자·손녀까지 본, 60대 후반에 접어든 나이지만 여전히 추억을 함께 나누는 그립고 소중한 벗들이다.

두 마리 토끼 다 놓치는 바람에 고향으로

큰아버지는 조카가 중학교에 수석으로 입학한 것이 기뻐 양복점에서 교복을 맞추어 주셨다. 명찰이 달린 교복, 영어·수학·과학 등의 교과서, 새로운 선생님과 새로운 친구들…. 설레는 중학교 생활의 시작이었다. 특히, 인근의 초월면과 도척면에서 국민학교를 졸업한 새로운 동기는 종전의 마을 친구와는 다른, 사회성 확장의 색다른 경험이기도 했다.

로마자 알파벳의 인쇄체 대문자·소문자와 필기체 대문자·소문자 연습, 단어 외우기 등의 영어도 재미있었고 다른 과목도 흥미로웠다. 숙제와 복습·예습으로 짧은 하루하루가 후다닥 지나가고, 어느새 중간고사를 거쳐 기말고사도 끝나면서 금세 여름방학이 되었다. 시험을 잘 본 덕에 1학년 전체 1등을 차지해 2학기에도 수업료를 면제받았으니 이해 여름방학은 더욱 즐거웠다. 하지만 방심했었나 보다. 2학기에는 방과 후에 틈틈이 학교 도서관에 가서 시, 소설, 희곡, 수필, 평론이 실려 있는 한국 문학 전집을 읽었는데, 여름방학의 자유와 문학을 향한 외도(?) 탓이었는지 전체 학년석차가 2등이 돼 2학년 1학기 장학금은 받지 못하게 되고 말았다. 2학년이 되어 수업료 납부고지서를 받았지만, 차마 부모님께 드리지 못하고 책가방에 숨겨 놓은 채 학교에 다닌 것도 그래서였다. 하지만 비밀이 오래갈 수는 없었다. 어느 날 교감 선생님께서 수업료를 내지 못한 학생을 불러 한마디 하셨다. 요지는 부모님께 잘 말씀드려 어서 수업료를 내라는 것이었다. 집으로 바로 들어갈 수가 없었다. 해가 어둑어둑해질 때까지 학교 앞에 있는 냇가에서 놀다가 슬금슬금 대문을 열고 집 안으로 들었던 기억이 지금도 새롭다.

이때 이후부터는 시험 전에 방이 따로 있는 대석동 친구네 집에 가서 밤을 꼬박 새우면서 공부했다. 2학년 2학기부터는 졸업할 때까지 계속 학년 전체 1등을 차지해 수업료를 면제받을 수 있었다. 한 가지 기억나는 것은 실업 교과인 농업 과목을 80점밖에 못 받은 적이 있다. 기말고사는 100점을 받았지만, 토끼에게 줄 아카시아 잎을 따서 내야 하는 숙제를 안 해서 실기 점수가 감점된 탓이다.

사실, 먹고살기도 어려운 농촌에서 6남매를 키우는 일만 해도 벅찬데 하교를 보낸다는 것, 그것도 지금의 유학이나 다름없는 서울의 고등학교에 간다는 것은 언감생심 가당찮은 일이었다. 철이 없었던 내 희망에 지나지 않았다. 하지만 부모님은 기꺼이 나를 상경하게 해주셨다. 그것만 해도 감지덕지할 일이었다. 감히 인문계 고등학교에 가서 대학교까지 진학할 엄두는 내지 못했다. 촌에서 내로라했다지만, 아무래도 전국의 공부 좀 한다는 애들이 모이는 서울에서 경쟁하기에는 실력이 부족하다는 생각이었다. 또, 대학교 학비가 비싸니까 잘사는 집 자녀가 아니면 상고를 졸업해 금융기관에 취직하는 것을 으뜸으로 여기는 풍조가 있기도 했다. 더러 정부가 한창 공업진흥정책을 펼 때이므로 공고를 지원해 일찌감치 기술인의 길을 택하는 예도 적지 않았다. 결국, 나도 이런저런 사정을 고려해 고교 졸업 후 곧바로 취업할 것을 염두에

두고 실업계 고교 입학을 선택했다.

힘겨운 유학 생활이었다. 어떻게 고등학교에 3년간 다녀 졸업했는지, 스스로 기특할 정도였다. 고교 생활은 광주군 동부면현 하남시에서 올라온 같은 반 친구와 함께 금호동에서 자취로 시작했다. 열일곱 어린 남학생이 뭘 제대로 만들어 먹을 수 있었을까. 연탄불로 지은 밥에 간장과 마가린을 넣고 비벼서 집에서 가지고 온 배추김치와 함께 먹는 게 최고의 식사였다. 한때는 상주에서 상경한 반 친구와 자취하기도 하고, 한때는 중학교 때 동기와 한양대 부근의 사근동에서 자취하기도 하며 초기의 고교 생활을 이었다. 이후에도 여러 번 이사했다. 서울에 살던 작은아버지가 자취방을 전전하는 조카를 안타까워해 마련해 주신 방에서 몇 달 지냈고, 막내 작은아버지 댁에서도 몇 달 지냈다. 또, 신당동에 살던 이모 댁에서도 기거했는데, 이곳에서 졸업할 때까지 있었다.

한창때인 십대 후반이라서 그랬을까, 주변에서는 안쓰러워했지만 정작 나 자신은 자취 생활이 힘들다고 생각지는 않았다. 친척 집에서 살면서도 염치를 느낀 적은 별로 없었던 것 같다. 내가 뻔뻔해서가 아니라 그만큼 그분들이 잘해 주신 덕분이다. 그런데도 부모님은 늘 내 걱정이셨다. 부족한 살림에 나를 뒷바라지하느라 이만저만한 고생이 아니었을 텐데 지금도 죄송한 마음뿐이다.

고등학교를 졸업하기 전, 한때 삼일로에 있는 설계회사에 나가 실습한 적이 있다. 낮에 이 회사에서 설계 관련 일을 하고, 저녁과 주말에 대입 예비고사를 준비했는데 한계가 있었다. 두 가지를 함께하기는 어렵다고 판단해 설계사무소 일을 그만두고 공부에 전념했지만,

역부족이었다. 결국, 진학도 취업도 하지 못한 채 곤지암 집으로 향했
으나 어려운 형편에 뒷바라지해주신 부모님을 어찌 뵐꼬…….

첫 공직 생활, 밤길 자전거 타다 다치기도

막상 곤지암 집에 오니 몸도 마음도 편했다. 걱정이 태산 같았을 아버지·어머니가 아무 내색도 하지 않으신 덕이지만, 아지랑이 피어오르는 1972년의 고향의 봄은 내게 천국이었다.

염치없는 일이었지만, 편했다. 집에 들어앉아 책만 보면서 한 달이 지났을 때였다. 아버지로부터 집에 와 있다는 소식을 들은 이웃분이 임시로 군청에서 일할 수 있도록 주선하셨다. 광주 군청 공무원으로 일하시던 그분의 소개로 이 군청 건설과 사무를 보조하는 일용직으로 일하게 됐는데, 첫 월급이 1만 4,400원이었다.

1972년 7월 18일과 19일, 이틀 동안 200여 밀리미터의 폭우가 쏟아졌다. 이 바람에 경안천이 넘치고 곤지암을 흐르는 궁평천길 하천의 제방이 무너졌다. 경안 시내와 곤지암 등의 곳곳에 많은 집이 홍수에 잠기고, 이재민이 발생하는 대홍수였다. 미사리에서는 섬에 고립된 주민을 헬기로 구출하는 일까지 있었다.

곤지암에 있는 우리 집도 물에 잠겨 온 가족이 인근의 중학교 교실에 임시 마련된 대피처로 피난해야 했다. 하지만 나는 수해 상황 파악과 대책을 수립하는 비상 근무 때문에 군청에서 며칠 밤을 새우느라 가볼 수 없었다. 수해 상황 보고와 복구예산 지원을 경기도에 건의하기 위한 자료를 선배와 함께 밤을 꼬박 새우며 만들고 나서야 좀 한숨을 돌릴 수 있었다. 이미 출근 시간이 지나 있었다. 그렇다고 점심을 먹기는 이른 어중간한 시각이었다. 아침 먹을 곳이 마땅치 않았고, 수해 입은 집 사정도 궁금해 선배와 함께 곤지암 집으로 향했다. 이미 집은 도배까지 마치고 잘 정리돼 있었다. 오랜만에 만난 어머니가 반가워하시며 아침상을 차려 주셨다. 참으로 따뜻한 식사였다.

다음날부터 수해 복구가 시작되었다. 낮에는 수해를 입은 하천 제방을 측량하고 밤에는 이를 근거로 설계해서 다음 날에 굴착기로 제방을 쌓아 올리는 작업이었다. 말 그대로 강행군의 연속이었다. 거의 날마다 일이 밤늦게 끝나 택시 타고 퇴근하는 바람에 교통비가 월급을 넘을 정도였다. 군청의 가까운 곳에 한 달에 7,000원짜리 하숙을 얻은 것도 지출을 줄이기 위해서였다.

다음 해인 1973년의 여름, 9급 지방공무원 공개 채용 시험이 있었다. 고등학교에서 토목이 전공이었던지라 관련 분야가 있으면 좋으련만 모집 부문은 행정직과 농림직뿐이었다. 바빠서 따로 시험에 준비할 수가 없었으므로 특수성이 있을 농림보다는 그래도 행정이 더 유리할 것 같아 행정직에 응시했다. 다행히 시험 문제가 쉽게 출제되었다. 운이 좋아서인지 경쟁률도 낮은 편이었다. 이 덕분에 합격이 되어 이해 9월 1일 광주군 지방공무원으로 발령받아 실촌면 면사무소에서 일하게 되었다. 이것이 이후 36년간 이어진 공직자로서 첫 발걸음이었다. 무엇보다 아버지와 어머니를 안심시켜드릴 수 있게 되었다는 생각에 기분이 좋았다.

출근 첫날부터 바빴다. 낮에는 담당 지역의 마을에 가서 두엄(퇴비) 증산을 독려하고, 밤에는 사무실에 돌아와 사무를 처리하는 일이 일과였다. 복잡한 일은 아니지만, 담당 지역까지 가려면 10㎞가 넘어 자전거를 타고 다녀야 했다. 지금처럼 포장이 잘 된 아스팔트가 아니라서 비포장 길을 왕래하는 게 쉽지 않았다. 일이 늦으면 이장댁 사랑방에서 잠을 자고 출근하는 때도 적지 않았다.

당시 농촌에서는 두엄을 많이 만드는 일이 대단히 중요했다. 식량 생산의 기반이 두엄 증산에 있다고 보고 정부 차원에서 적극적으로 장려한 정책이었다. 두엄 생산량을 확인해 시·군별 순위를 매겨 시상하는 '퇴비 심사' 제도가 있었던 것도 그래서이다. 이와 관련, 마을 출장을 마치고 면사무소에 거의 다 왔을 때인데, 나를 본 군청 농산과장이 "빨리 삼합리에 가서 퇴비 증산을 독려하라"며 "사무실에는 올 생각도 하지 말아라." 하고 호통을 치기도 했던 기억이 생생하다.

실촌면 신촌리가 퇴비 증산 심사 대상으로 정해진 후의 어느 날이었다. 심사 전날, 전 직원이 함께 심사 준비 작업을 하느라 일이 밤늦게 끝났다. 나는 자전거를 타고 어두운 길을 올빼미처럼 눈을 크게 뜨고 집으로 돌아오는 중이었다. 집 앞에 하수구 보수 작업을 하느라 흙을 쌓아 놓았는데, 그걸 미처 모르고 달려가다가 고꾸라지고 말았다.

순간, 가슴이 탁 막혔다. 안경이 벗겨져 나가고 얼굴에는 흙더미가 잔뜩 튀었다. 정신을 차리고 겨우 집에 와 마루에 앉아 왜 그런지 모를 서러운 마음에 소리 내어 울었다. 이 모습을 본 어머니가 "애, 힘들면 그만두거라." 하시는 것이었다. 그 말을 듣고 나는 금세 울음을 멈추었다. 괜스레 어머니 마음만 불편하게 해 드린 것 같아 내내 후회막급이었다.

대통령 방문 소식에 전투처럼 도로변 단장

1973년도의 가을이 깊어가는 어느 날이었다. 고등학교에 재학 중이던 동생 승표가 연세대학교에서 주최하는 전국 고교 문예 콩쿠르에서 시조 부분 당선작으로 선정돼 함께 시상식에 갔다. 다른 수상자는 대부분 가족과 친지가 몰려와서 꽃다발을 주면서 법석이었으나 우리 형제는 백양로에서 기념사진만 찍고 집으로 돌아왔다. 괜스레 승표에게 미안했다.

승표는 문학에 소질이 있었다. 하지만 집안 형편이 어려워 대학에 진학하지 못하고 고등학교 3학년 재학 중 광주군 지방공무원 시험에 응시해 합격, 공무원이 되었다. 지금도 '동생이 대학에서 국문학을 전공했더라면 더 좋았을 수도 있었는데…' 하는 아쉬움이 있다. 아무튼, 형제가 나란히 공무원 생활을 하게 되고, 나중에는 둘째 여동생 현혜까지 공무원이 돼 우리 남매는 6명 중 반이나 공직자가 됐다.

두 동생은 어땠는지 자세히 모르지만, 공무원 생활이 지금과 같지 않아 나는 제때 출근해서 제때 퇴근하는 일은 거의 없었다. 잦은 야근에 농촌 일손 돕기, 산불 진화, 수해복구, 주말 자연보호 활동 같은 것이 주요 담당 업무였지만, 다른 업무도 많아 힘이 들 때가 적지 않았다. 4급 갑지금의 6급으로 승진 후 경기도 광주군청 국토미화계 계장으로 일할 때도 그런 예이다. 정부는 86아시안게임과 88서울올림픽을 앞두고 아름다운 환경을 만들기 위해서라는 명분으로 시·군·구에 '국토미화계'를 신설했는데, 내가 그 제일선 기초조직의 책임자가 됐던 것. 그런데 갑자기 큰 일거리가 생겼다. 아시안게임 개막1986. 9. 20.을 두고 미사리 조정·카누경기장에 대통령이 방문한다는 계획이 알려졌기 때문이다. 한마디로 별안간 발등에 불이 떨어진 격이었다. 서울시 경계에서부터 당시 광주군에 속해 있던 배알미리까지의 미사로 8㎞ 구간 도로 주변 밭의 분뇨 냄새 제거를 비롯해 도로변 풀베기, 잔디·꽃 심기, 쥐똥나무 식재 등 환경미화 작업을 부리나케 시작해야 했다.

아침 8시부터 눈코 뜰 새 없이 바빴다. 저녁은 밤 9시에나 되어야 먹을 수 있었고, 차가 없으니 여관에서 잠을 자야 했다. 그렇게 한 20여 일이 지났을 때쯤에야 집에 다녀올 수 있었다. 함께 일하는 직원의 아버지가 돌아가셔서 조문하러 가는 길에 잠시 들른 거였다. 내 목소리를 듣고 쌍둥이 아들인 성하와 성원이가 달려 나왔으나 텁수룩한 수염에 까맣게 탄 내 얼굴을 보고는 이내 무섭다고 방으로 들어가 버렸다.

한 달여 작업 끝에 잔디와 꽃 식재는 마무리했으나 쥐똥나무를 심는 것은 작업이 어려워 여전히 밤새워가며 작업해야 했다. 도로 주변의 가정집에 가서 사정해가며 전기를 끌어와 야간에 전등 아래에서 나무를 심는 일은 지켜보는 것조차 힘든 일이었다. 하물며 작업하는 사람이야 더욱 고되었을 것이다. 급기야 어느 날 새벽 2시, 일하던 인부들이 연장을 던져 버리고 일하지 않겠다고 시위했다. 정신없이 일하느라 이들에게 야식 챙겨 주는 것을 깜빡 잊었던 탓이다. 통사정해가며 일단 진정

시키고, 얼른 상점으로 달려가 잠자는 주인을 깨워 막걸리와 빵을 사서 드시게 했다. 그때야 마음이 좀 풀렸는지 다시 일을 시작했고, 가까스로 계획에 맞춰 아침까지 일을 마칠 수 있었다.

이날 오후 도청에서 현장으로 나왔다. 내일이면 대통령 방문이 예정돼 있으므로 최종적으로 확인하기 위해서였다. 그런데 느닷없이 조정경기장 비탈 쪽에 잔디를 더 심으라는 것이었다. 하노라고 했는데 또 하라니 마음이 불편했지만, 별수 없었다. 식재할 면적을 재서 잔디를 공급하던 회사에 급히 연락해 가까스로 구할 수 있었다. 이를 확인하고서야 도에서 온 분들이 자리를 떴지만, 그다음부터가 우리에게는 큰 숙제였다.

잔디는 약속한 시각을 넘겨 밤 9시가 되어서야 현장에 도착했다. 그런데 막상 16t 덤프트럭 1대와 그보다 2배가 넘는 큰 트럭에 잔디가 가득하게 실려 있는 걸 보고는 '큰일이구나' 하는 생각부터 먼저 들었다. '무슨 수로 이 많은 잔디를 다 심지?" 자동차를 여러 대 세워 헤드라이트로 불을 밝히고, 100여 명의 공무원과 인부가 달려들어 트럭에서 잔디를 내리고 차곡차곡 식재하기 시작했다.

일을 끝낸 건 자정이 넘어서였다. 위기에 몰리면 평소보다 훨씬 대단한 능력이 생긴다더니, 예상보다는 작업이 일찍감치 마무리되었다. 다행이었다. 40여 일간의 전투 같은 작업을 마치는 순간이었다.

다음날 오후에 예정대로 대통령 일행이 방문했고, 별일 없었다. 이날 오랜만에 집에서 가족과 저녁을 하면서 아버지께서 따라주시는 맥주 한잔도 들이켰다. 평생에서 가장 깊은 잠을 잔 날이기도 했다.

스승 같은 선배들 덕에 공직 생활 큰 도움

86아시안게임이 끝난 후인 1987년 1월, 나는 서무통계계 계장으로 새로운 일을 시작했다. 이때 광주군 군수는 군 대령 출신으로 특별임용 절차를 거쳐 경기도 공무원이 된 분인데, 군대 방식으로 행정을 처리하여 많은 일화를 남겼다. 가령, 군수실에 들어온 계장에게 느닷없이 애국가4절까지나 '광주의 노래'를 불러보라고 하여 결재를 받으려고 다음 차례를 기다리던 다른 계장이 슬그머니 사무실로 돌아가는 일까지 있었다. 매주 월요일 아침에는 간부 회의를 열었는데 가끔 식사를 같이하는 과장은 편하게 보고를 마치지만, 그렇지 않은 과장에게는 업무와 관련이 없는 엉뚱한 질문을 하여 당황하게 만들기도 하였다.

이런 일도 있었다. 읍면 직원을 위로한다는 차원에서 순회 방문을 시작하였는데, 어느 면사무소 회식에 내가 수행원으로 참석한 적이 있었다. 군수의 건배사를 시작으로 몇 순배 술잔이 오가고 분위기가 무르익었다. 그러자 이 군수께서 노래를 시키기 시작하였다. 참석자 몇 사람이 노래를 부르고 난 후인데 느닷없이 부녀회장을 일으켜 세우더니 함께 블루스 춤을 추기 시작하였다. 동석한 내가 보기에도 민망하였다. '이건 아니다.' 싶어 그다음부터 수행을 그만두었는데, 나중 어느 면에 가서는 업소에서 전문적으로 연주하는 밴드까지 불러 여흥을 즐겼다고 한다. 결국, 1년여 만에 그 군수는 타의에 의해 퇴직했다.

이와는 반대로 지금도 마음속에 스승으로 생각하는 분도 계신다. 내가 모셨던 당시의 최병호 군수는 지역 유지나 정치인의 압력에 굴하지 않고 소신껏 군정을 수행하신 분이다. 합리적인 언행도 그랬지만, 어려운 형편에 있는 주민의 고충을 적극적으로 해결하는 데 주저함이 없는, 존경할 만한 분이셨다. 반복되는 고발과 행정처분 때문에 불안해하는 남한산성 내 상인의 마음이 편해질 수 있게 불법 음식점을 양성화한 일이 대표적이다. 당시의 남한산성에는 수십 개소의 무허가 음식점이 있었다. 법을 어긴 것이기는 하지만, 법을 지키려고 해도 이 지역이 그린벨트와 공원 구역에 묶여 있어서 허가 자체가 날 수 없었다. 실정을 알게 된 군수께서는 음식업이 유일한 생계수단임을 고려하여 일괄적으로 '영업허가신청서'를 받아 허가를 승인하면서 결재란에 자필로 '본 사항은 군수의 지시로 허가 처리하는바 모든 책임은 군수에게 있음'이라고 기재하였다. 이 때문에 문제가 일어난 적은 없었고, 남한산성 상인들은 지금까지도 여전히 최병호 전 군수에게 고마워하고 있다.

규제는 늘 완화와 강화를 반복하고는 한다. 그런데 강화는 속도가 빠르고 강력하지만, 완화는 상대적으로 느리고 조금씩 이루어지는 예가 더 많은 듯하다. 최근에도 정부와 지방자치단체가 규제 완화를 추진하고 있으나 실질적이고 확실하게 이루어지는 것 같지는 않다. 남한산성 음식점 합법화 조치처럼 속 시원한 규제 완화 개혁이 이루어져서 기업 활동을 활성화하고 국민 생활의 불편을 덜어주었으면 하는 바람이다.

기획계장을 거쳐 행정계장으로 근무할 때 만난 조한유 군수도 본받을 만한 어른이시다. 요즘에도 가끔 연락하는데, 내 머릿속에는 모범적인 공무원으로 각인되어 있다. 이분은 기업인이나 유지가 찾아와 돈 봉투를 놓고 가면 이를 방위성금, 불우이웃돕기, 체육 후원금 등으로 돌려 기탁하게 한 후 이들에게 영수증을 보내고 사본을 보관토록 하였다. 군수직을 마친 후에는 경기도, 정부 중앙부서, 청와대 근무를 거쳐 중앙인사위원회 위원 등의 요직을 두루 거치셨는데 충분히 그럴 자격이 있는 분이시다. 정년퇴직 후 최근에는 고향에 있는 폴리텍대학 학장으로 부임하여 인재 양성에 심혈을 기울이고 계신다.

공무원 생활을 하면서 나에게는 이렇듯 존경할 만한 분이 꽤 계셨다. 이분들의 언행이 공직 생활에 큰 도움이 되었다. 아들처럼 아끼고 인자하게 대해 주셨던 고 이병수 계장, 군청의 부당한 지시를 거부하고 소신껏 일하신 고 이병익 면장, 강직한 성품으로 늘 올바른 소리를 하셨던 고향 선배 구한회 면장, 늘 밥값을 먼저 내면서 직원에게 따뜻하게 대해 주셨던 박영규 실장…. 특히, 내가 고향 면장으로 근무할 때 누가 보든 안 보든 혼자서 밤에 쓰레기를 치우다 순직한 연태흠 환경미화원은 평생 잊지 못할 존경스러운 사람이다.

아버지는 영원한 나의 영웅

요즘 세대는 남녀를 불문하고 어머니의 영향을 많이 받으며 자라는 추세이다. 여성의 역할이나 위상이 그만큼 강화하여졌기 때문일 것이다. 그러나 우리 세대의 아들은 아버지 영향을 많이 받고 딸은 어머니 영향을 받으며 성장했다는 게 내 생각이다.

나에게 아버지는 영원한 영웅이시다. 어려운 가정형편에도 6남매를 모두 고등학교4명와 대학2명까지 공부할 수 있도록 뒷바라지하고, 나름의 위치에서 사회생활을 잘할 수 있도록 배려한 거인 같은 존재이셨다.

아버지는 평생토록 하지 않은 세 가지가 일이 있으시다. 담배를 피우지 않았고, 화투 같은 놀음을 하지 않으셨다. 운전도 하지 않았는데, 심지어 자전거조차 타지 않으셨다. 동이 트면 으레 동네를 한 바퀴를 걸어서 돌아보신 후에 아침 식사 시각에 맞추어 돌아오시는 것으로 하루를 열곤 하셨다. 한가위와 설 명절에는 집에서 두부를 만들었는데, 밖에 나가셨다가도 순두부를 먹을 때쯤이면 신기하게 거의 정확하게 집에 돌아오셨던 일도 생각난다.

아버지는 평생 술을 좋아하셨다. 산업화 이전에는 막걸리를 반 식량 삼아 주로 드셨고, 이후에는 소주를 드시다가 나중에는 맥주를 즐기셨다. 내 기억에 아버지가 술을 가장 많이 드셨던 것은 서울에서 친구분이 오셨을 때였다. '유붕이 자원 방래하니 어찌 즐겁지 않으랴', 두 분이 주거니 받거니 밤을 새우면서 소주 1박스를 드셨다. 다만, 이 바람에 다음날 하루 내내 드러누워 계셨고, 나흘 동안 술을 입에 대지 않으셨다.

워낙 술을 좋아하기도 했지만 다른 이유로도 술 마시는 일이 잦으셨다. 군청에서 출장 나온 공무원을 만나면 거의 그냥 보내는 법이 없으셨다. 실비 식당에서 소주나 맥주를 한잔 나누거나 음식을 대접하셨다. 나와 동생이 군청에서 근무하고, 둘째 딸도 면사무소에서 일하는 만큼 자식을 위하는 마음에서였다.

아버지는 자식 누구에게든 욕을 하거나 잔소리를 하지 않으셨다. 그저 묵묵히 지켜보실 뿐 자식 앞에서 어렵다거나 힘들다는 기색을 보인 적이 없으시다. 어쩌다 취한 날이면 "나는 광복 전 어린 나이에 할아버지를 대신하여 징용을 다녀왔다."라고 하는데, 이것이 자식에 대해 못마땅함을 표출하거나 야단치는 걸 대신하는 말씀이셨다.

1960년대에는 범국가적인 치산치수 사업이 한창이었다. 이 무렵에는 임금을 미국으로부터 무상으로 원조받은 밀가루로 대신 지급하곤 하였다. 이때 아버지는 제방을 쌓는 '사팔공 사업'에서 작업반장 같은 일을 하셨다. 주로 면사무소, 학교, 주택, 창고, 종축장, 축사 등의 토건 일이었다. 이런 일을 통해 6남매 중 1960년대에 태어난 두 아들은 대학교까지 공부시킬 수 있었으리라.

나는 1974년 8월 13일, 30사단 신병훈련소에 입대하였다. 이틀 후가 8·15 광복절 기념식이 있는 날이었는데, 이날 문세광의 총탄에 육영수 여사가 서거하는 사건이 발생하였다. 갓 입대한 군인 신분이었지만, 원지 모를 분노가 치밀었다.

4주 동안 신병 훈련을 마친 다음에는 후반기 교육을 받기 위해 김해에 있는 공병학교에 가게 돼 있었다. 저녁 무렵 용산역에 도착해 수송 열차를 기다리고 있었는데, 생각지 않게 아버지가 찾아오셨다. 손에 용돈을 쥐여 주고 되돌아가신 아버지가 얼마나 반가웠던지…. 하지만 밤새도록 달리는 열차 속에서 아버지께 고생만 시켜드렸구나 하는 생각에 잠을 이룰 수 없었다.

아버지를 다시 만난 것은 후반기 교육을 마치고 자대에 배치받은 지얼마 되지 않아서였다. 닭 한 마리를 삶아 면회 오셨는데, 부대 인근 식당에 가 함께 식사하는 자리에서 거의 혼자 다 먹었다.

이런 아버지, 나에게 한없이 좋으신 아버지는 회갑을 넘기신 다음 해 1991년 여름 교통사고로 돌아가시고 말았다. 일요일이었다. 그날도 출근하려고 집을 나섰는데 버스정류장 앞에 아버지가 서 계셨다. 얼른 '다녀오겠습니다!' 인사하였는데, 그게 마지막일 줄이야.

그날 저녁 해 질 무렵 집에 돌아와 라면을 먹다가 사고 소식을 듣고는 온 식구가 아버지가 누워계신 병원을 향해 내달렸다. 아직 아버지의 손은 따뜻했다. 하지만 이미 늦었다.

아버지를 생각하면 지금도 먹먹할 뿐이다. '죄송합니다, 아버지!'

"애야, 나 돈 한 푼 없다"

세상의 모든 어머니는 위대하다. 그중에서도 우리 대한민국 어머니, 내 어머니를 생각하면 더욱 확실하다.

어머니는 국도변에 살던 사람들이 6·25 때 피난하였던 산골 마을에서 가난한 농가의 맏딸로 태어나셨다. 서두에서 이야기하였던 것처럼 우리 집안 일가족도 난리를 피해 20여 리 떨어진 산골 마을로 갔는데, 그곳에서 친해진 할아버지와 외할아버지의 중매로 어머니와 아버지는 결혼하셨다. 전쟁터에 나가 있던 아버지와 결혼하는 것 자체가 쉽지 않았을 텐데 시부모와 시동생까지 있는 농가에 시집가는 일은 보통 결심이 아셨을 듯하다. 그나마 할아버지가 살아 계실 때는 전형적인 농가인지라 먹을거리 걱정을 크게 하지 않아도 될 정도였다. 하지만 할아버지와 할머니가 돌아가신 후 작은아버지 두 분을 결혼시키고 자식이 늘어나면서 농지가 점점 줄고 살림이 쪼들리기 시작하였다. 아욱죽, 콩나물죽, 칼국수, 수제비를 많이 먹게 된 것도 그런 이유에서였을 것이다. 봄에는 쑥과 고운 쌀겨를 버무려 만든 개떡, 가을에는 늙은 호박에 밀가루와 콩, 고구마 등을 넣어 만든 호박풀데기_{범벅}도 자주 먹었다. 나는 죽이나 수제비를 먹는 날 저녁이면 슬그머니 우리 집과 붙어있는 큰댁에 가서 밥을 얻어먹고 오기도 하였다. 어머니가 이걸 알면 마음이 편할 리 없으셨을 텐데, 지금 생각하면 부끄럽다. 그러고 보니 나 혼자만 유난히 먹을 거, 입을 거에 쓸데없이 투정을 부려 어머니 속을 썩여 드렸던 것 같다.

먹을거리뿐 아니라 모든 게 부족하던 시절이었다. 그 가난 속에서 어머니는 어떻게 때를 거르지 않으시고 가족에게 먹을거리를 마련하였을까, 생각할수록 마음이 숙연해진다. 국민학교 방학 때는, 이천으로 이사하여 장사하는 외가에 가서 지내다 오곤 하였는데, 그것 또한 어머니로서는 마음이 편치 않으셨을 듯하다. 병이 나 서울에 있는 대학병원에 가시게 된 것도 너무 힘드셔서였으리라. 하지만 하필 그 무렵 군 생활을 하고 있던 나는 찾아뵙지도 못하였다. 건강을 되찾지 못하셨으면 후회가 훨씬 더 컸을 것이다.

어머니는 아버지가 돌아가시고, 5년 동안 혼자 사셨다. 맏이로서 어머니를 모시지 못했던 것이 지금도 한 번씩 마음을 아프게 한다. 아들 성하와 성원이가 성남에 있는 고등학교에 진학하게 되어 이사하는 바람에 그리되었지만, 이사할 때 "성하, 성원이! 공부 잘해라." 하면서도 못내 서운함이 역력하셨던 모습이 선하다. 그나마 고향에서 내가 면장을 하고 있었던 덕에 자주 찾아뵐 수는 있었다. 내 사정을 이해하고 배려해 주셨던 군수 도움도 컸다. 군청 인사가 있을 때면 나는 군수실에 들어가 '어머니가 혼자 사셔서 그러니 고향에서 면장으로 좀 더 근무하게 해달'라고 사정하였는데, 이를 들어주셔서 5년 4개월을 실촌면현재는 곤지암읍 면장을 할 수 있었다. 하지만 광주군2001년 3월 21일 시로 승격 군청 회계과장으로 발령이 나 2000년부터는 어머니를 자주 찾아 뵙기가 어려웠다.

어느 날 친척 결혼식에 어머니를 모시고 간 적이 있었다. 평소에 어머니는 고기를 많이 드시지 않는데, 그날에는 이상하게 고기를 많이 챙겨 오셨다. 자식들 챙기려고 그러시나 보다 하였는데, 그게 아니었다. 조금씩 행동이 이상해지기 시작하셨다. 하루는 어머니를 뵈러 갔더니 "애야, 나 돈이 한 푼도 없다, 돈이 있으면 좀 줘." 하고 말씀하셨다. 그런 말을 하시는 분이 아닌데, 참으로 의아했다. 그게 치매 초기 증상이라는 것은 나중에야 알았다. 어떤 병인지 알게 된 나는 곧바로 곤지암 본가를 수리하도록 하고, 어머니를 모시기 위하여 고향으로 돌아갔다.

하지만 어머니의 치매 증세는 점점 악화하였다. 잘 나가시던 경로당에도 가지 못하셨다. 한번은 집 근처에 있는 도자공원에서 도자기 축제를 하는 데에 가셨다가 길을 잃기도 하셨다. 마을의 의용소방대원이 출동하여 밤새 찾았는데, 다음 날 아침에야 발견하여 집으로 모셔 오기도 하였다.

결국, '더 늦기 전에 입원치료를 해 드리는 것이 좋겠다.'는 의사의 권고로 어머니를 세브란스 정신병원에 입원시켜 드렸다. 사람을 잘 알아보지 못하였지만 "우리 큰아들 왔구나!" 나는 알아보셨다. 한편으로는 고맙고, 한편으로는 안타까웠다.

어머니는 끝내 병마를 이기지 못하고 우리 가슴에 그리움을 남기신 채 세상을 떠나셨다. 너무 고생만 하신 어머니, "애야, 나 돈 한 푼 없다." 하신 말씀이 그렇게 아플 수가 없다. 나는 살아계실 때 잘해 드리지 못한 죄인으로 산다.

아들의 갑작스러운 심장마비

2009년 10월 9일 오후 3시경이었다. 나는 강원도 속초 여행 중이었다. 쌍둥이 아들 중 둘째인 성원이가 심장마비로 쓰러졌다는 연락이 왔다. 사무실에서 업무 전화를 받다가 갑자기 그랬다는 것이다. 가슴이 덜컥 내려앉는 기분이었다. 강북삼성병원 응급실로 실려 갔다니, 보통 큰일이 아니라는 것을 직감했다. 집사람이 운전하고 병원으로 향하는 차 안에서 나는 아무 말도 하지 못하고 마음속으로 제발 무사하기만을 빌고 또 빌었다. 전화도 하기도 겁이 났는데 이따금 큰아들 성하에게 물어보면 "빨리 오세요."라는 대답뿐이었다.

병원에 도착하여 가슴을 졸이며 바라본 성원이는 인공호흡기로 가슴을 벌렁거리며 숨을 쉬고 있었다. '하느님 고맙습니다.' 아들이 살아 있는 것만으로 우선 다행이라는 생각이 들었다. 성원이는 2시 30분경에 전화 통화 도중 갑자기 전화기를 내려놓고 고개를 푹 숙이더라는 것이었다. 옆에 있던 직원이 119에 신고하고, 다른 부서 직원이 달려와 심폐소생을 시도하던 중 구급차가 와 병원에 이송하였는데, 전기충격기를 세 번째 사용하자 심장이 다시 뛰게 되었다고 하였다.

소식을 들은 동생들 부부도 퇴근 후 병원으로 달려왔다. 모두 입을 다문 채 근심이 가득한 표정으로 한숨만 쉬면서 서로 쳐다볼 뿐이었다. 이들이 떠나고 큰아들도 돌아간 후 나는 집사람과 중환자실 보호자 대기실 의자에 앉아 벽에 등을 기대고 날이 밝기만을 기다렸다. 이따금 응급실로 이송된 교통사고 환자와 가족이 몰려와 한 번씩 소란이 있었지만, 이내 정적이 찾아왔다. 나는 깍지 낀 두 손을 무릎 사이에 넣고 눈을 감은 채 "성원아, 힘내라!", "어서 빨리 일어나라!", "하느님, 성원이가 무사하게 보살펴 주시기 바랍니다."라고 기도하고 또 기도했다.

날이 밝아 오면서 하나둘 사람이 모여들기 시작하였다. 아침 7시에 환자 면회가 있기 때문이었다. 성원이는 인공호흡기로 눈을 감은 채 숨을 쉬고 있었다. 나는 불안한 마음으로 한참 동안 손을 잡아 주고 있다가 나왔다. 다음에 들어갔던 집사람은 한참 후에 눈물을 훔치며 나왔다. 아침을 거른 터라 집사람 손을 잡고 점심부터 먹자고 하였다. "먹고 싶지 않다"는 사람을 억지로 데리고 병원 옆 식당으로 갔으나 나 역시 밥이 잘 넘어가지 않았다.

먹는 둥 마는 둥 다시 병원으로 돌아오니 회진을 마치고 주치의가 나오고 있었다. "성원이 상태는 어떠냐?" 하고 물었다. "검사결과가 나오면 담당 교수가 설명해 주실 것"이라는 답변이 돌아왔다. 아무것도 알 수 없이 성원이가 깨어나기만을 기다리는 수밖에 없었다.

그렇게 주말이 지났다. 월요일 오전, 회진을 마치고 나오는 담당 의사에게 다시 물었더니 "검사 결과로는 뇌사상태입니다. 더 드릴 말씀이 없습니다."라는 짧게 대답하였다. 이 말을 듣고 집사람은 바닥에 주저앉고 말았다.

나는 그래도 성원이가 나을 거라는 굳게 믿었다. 일주일이 지나자 성원이는 70% 이상 자가 호흡을 하게 되었고, 열흘이 지나서는 100% 자가 호흡이 가능하게 되어 마침내 호흡기를 떼었다. 이때까지 집사람과 함께 중환자실 보호자 대기실의 긴 의자에서 쪽잠을 자고 지냈는데 2주일이 지나자 수간호사가 찾아와 "지금까지 보호자가 여기에서 이렇게 오랫동안 자리를 지킨 적이 없습니다. 앞으로 더 큰 일은 없을 테니 병원 내에 있는 보호자 숙소에서 잠을 자도록 하시라"고 해서 잠자리를 옮겼다.

성원이는 그리고 2주 만에야 아침 7시에 면회할 수 있었다. 이후부터 나는 광주에 있는 회사에 출근했다가 퇴근하면 곧장 병원으로 가 성원이를 만나고 밤늦게 다시 숙소로 돌아가는 생활을 이었다.

눈물겨운 아내의 모성애

성원이가 심장마비로 쓰러지고 병원에 입원하여 재활치료를 받는 기간이 9년이 지났다. 성원이는, 처음에는 강북삼성병원에서 39일 동안 중환자실에 있었으나 이후 서울아산병원으로 옮겨 본격적으로 재활 치료를 받았다. 서울아산병원에서 첫날은 침대로, 다음날부터는 목보호대가 있는 휠체어를 타고 재활치료실로 이동하였으나 며칠 만에 일반 휠체어를 사용할 수 있게 되었다. 성원이에게 많은 도움을 주신 의사는 성원이가 휠체어를 타고 있는 것을 보고 "놀라운 일입니다."라고 감탄을 할 정도였다.

어느 날 같은 병실 환자의 부인이 성원이에게 죽을 먹여 준 것을 계기로 이때부터 우리는 과일을 갈고 삶은 채소를 잘게 썰어서 죽과 함께 먹이기 시작하였다. 그다음부터는 묽은 밥을 다진 고기와 채소와 함께 비벼서 먹였다. 시간이 더 지난 후부터 지금까지는 집에서 과일과 밥을 준비해 점심과 저녁에 먹이고 아침에는 유동식을 먹게 하고 있다. 부부가 회갑을 맞은 것을 기념하여 몇 년 만에 수안보에 다녀올 때도 성원이가 먹을 이틀 치의 밥을 미리 준비하여 점심을 먹인 후에 출발하였다. 그러고는 수안보에서 저녁만 사 먹고 성원이 식사가 걱정되어 다음

날 일찍 출발하여 다시 병원에 가기도 하였다.

대학병원 재활의학과 입원 기간은 1개월, 세 번만 입원이 허용되어 부득이 성원이를 신촌세브란스병원으로 옮겨야 했다. 이곳에서 흡입하기 위하여 뚫어 놓은 성원이의 목을 봉합하는 수술을 하였다. 불편을 덜고 재활치료를 하는 데도 도움이 되게 하기 위해서였다. 이후에도 성원이는 서울아산병원, 강동경희의료원, 건국대병원 등의 대학병원과 분당제생병원, 보바스기념병원, 분당러스크병원 등으로 계속 옮겨 다니며 치료를 받아야 했다. 현재는 17번째 병원인 근로복지공단 안산병원에서 안정적으로 재활치료에 집중하고 있다. 이런저런 사정이 있어서겠지만, 환자를 이렇게 계속 옮기게 하는 일은 좀 개선되었으면 좋겠다 싶다.

우리 부부는 처음 한 달여 병원 보호자 숙소에서 잠을 자다가 친구가 왕십리에 있는 오피스텔을 빌려주어 몇 개월 지낼 수 있었다. 그 후에 곤지암 집에서 서울에 있는 병원을 오가다가 성남에 있는 전세 아파트를 구해서 거주하였다. 그리고 4년 전에는 성원이를 근로복지공단 안산병원으로 옮기게 됨에 따라 우리도 안산으로 이주하였다. 곤지암 본가는 명절 때에 형제 가족이 모이므로 비워 두고 있는데, 집 근처 동원대학교에 근무하는 큰아들 성하가 우편물을 챙겨 주고 가끔 청소도 한다.

성원이의 입원으로 여러 번 어려운 일도 겪었다. 무엇보다 아내의 희생이 컸다. 보바스기념병원에 있을 때는 토요일이면 성원이를 집으로 데려오곤 하였는데, 어느 날 뒤차가 들이받는 바람에 우리 부부가 다치는 일이 있었다. 하지만 성원이를 돌보는 일이 우선인지라 입원도 못

하고 보름이 넘도록 통원치료를 받아야 했다. 아내는 성원이를 들어 올리다가 허리를 다치고서도, 몸살이 나 앓아누울 판에도 병원에 가져갈 식사 준비를 하느라 여간 고생이 아니었다. 어느 날 밤, 자정에는 아내가 급성 장염 증세로 119구급차를 불러 응급실에 실려 가기도 하였는데, 치료를 받고 새벽에 집으로 돌아오기도 하였다. 그날 나는 걱정스러워 출근도 하지 못하고 있었는데, 아내는 9시쯤 되니 힘겹게 일어나 성원이가 먹을 밥을 챙기는 것이었다. 참으로 강한 모성애였다.

아내는 9년이 넘도록 지금도 매일 밥을 해서 병원으로 가 성원이에게 먹이고 아이의 잠잘 준비까지 마친 후에야 집으로 돌아오는 생활을 반복하고 있다. 너무나 안쓰럽고, 한편으로는 고맙다. 다행히 성원이가 조금씩 나아지고 있어서 큰 위안이다. 큰아들과 며느리, 그리고 8살 손자 서진이와 5살 우진이는 일요일마다 병원에 왔다가 함께 저녁을 먹고 돌아가고는 하는데, 이 역시 기특하다. 나는 나대로 광주에 있는 회사에 출근하였다가 퇴근하여 저녁에 성원이를 면회하고, 밤늦게 숙소에 가는 생활을 이었다. 그러던 중에 고교 동기가 사업차 지방에 계시는 자기 형의 왕십리 오피스텔을 빌려주어서 사용하게 되었다. 그러고 보면 고마운 사람이 주변에 참 많다. 감사할 뿐이다.

어느 날 꿈속에서였다. 성원이가 어릴 때 모습으로 서 있는데, 돌아가신 아버지와 어머니가 물끄러미 바라보고 계셨다. 나는 아무 말씀도 드리지 못한 채 그저 그 모습을 멀거니 쳐다보다가 꿈을 깼다. 아버지, 어머니가 지켜보고 계신다는 생각에 마음이 숙연해졌다. 성원이의 쾌유만이 내가 아버지 어머니께 해 드릴 수 있는 마지막 효일 것이다.

"아버지, 어머니, 죄송합니다."

3부
우리 형제,
가난해도 나눌 줄 안다

둘째 홍승표1956년생는 어려운 가정 형편 때문에 고교 입학을 못 했으나 담임 선생님의 끈질긴 설득으로 이미 학기가 시작된 뒤 늦게야 광주상고경기도 광주에 입학, 1975년 졸업했다. 이에 앞서 고3이었던 1974년 공무원 시험에 합격, 1975년부터 평생 공직의 길을 걷게 됐다. 한편, 1973년에는 연세대가 주최한 '전국 남녀고교생 문예 작품 공모'에 장원으로 당선돼 특례입학전형으로 이 학교 국문과에 들어갈 수 있었으나 학비 조달이 어렵다고 판단, 대입을 포기했다. 나중에 대학교는 2006년, 대학원은 2008년 각각 졸업했다.

경기도 광주군청을 시작으로 전입 시험을 거쳐 경기도청으로 가서 여러 과의 과장직을 두루 맡았고, 2007년 과천시 부시장으로 부임했다. 이후 파주시 부시장, 경기도 자치행정국장, 경기도 의회 사무처장 등을 거쳐 2013년 용인시 부시장을 끝으로 공직 생활을 마감하고 1급 관리관으로 명예퇴직했다. 2015년부터 2017년까지 만 3년 동안은 경기관광공사 사장으로 일했다. 이 과정에서 정도에서 벗어나는 것을 극도로 경계, 올곧은 생활을 고집한 덕에 많은 상도 받았다.

다산대상 청렴봉사대상2010년. 다산문화제위원회, 경기도를 빛낸 영웅2013년. 경기도, 홍조근정훈장2014년 대한민국, 대한민국문화관광산업대상2015년. 동아일보, 코리아혁신대상2017. 시사매거진2580 등을 받았다. 경기관광공사 사장이었던 2016년, 이 회사는 국민권익위원회로부터 '전국 공기업 청렴도 평가 내부 만족도' 전국 1위를 차지하기도 했다.

중학교에 가기 위한 송아지 키우기

국민학교 6학년이 되던 해 아버지가 송아지 한 마리를 끌고 집에 들어오셨다. 다른 집 송아지를 키워 내 중학교 입학금을 마련하기 위해서였다. 1년 동안 키워 팔 때 송아짓값을 제외하고 이익금의 절반을 나누기로 약속하셨던 모양이다. 어려운 살림에 조금이라도 도움이 될 것이라는 생각이셨으리라.

어린 나이였지만, 빈농에 6남매를 키우는 일이 절대 쉽지 않을 거라는 생각은 했었다. 그 시대의 농촌 부모가 대부분 그러했지만, 우리 부모님은 농사는 농사대로 지으면서 돈이 될 만한 일은 무엇이든 하든 억척스러운 분들이셨다. 맏이가 잘되어야 한다며 형을 서울의 고등학교에 어렵사리 유학 보냈는데, 세 살 터울인 나까지 중학교에 보내려니 부담이 크셨을 것이다.

끼니를 잇는 것조차 어려운 것이 그 시절이었다. 우리 6남매는 커다란 양푼에 밥을 비벼 함께 먹곤 했다. 때로는 여섯 명이 먹기엔 부족할 때도 있었는데, 그럴 때마다 형이 동생들 더 먹게 하려고 먼저 숟가락을 놓으면 나도 덩달아 먹기를 멈추고 일어서곤 했다. 동생들 역시 먹을 것이 생기면 혼자 먹지 않고 뒀다가 함께 나눠 먹곤 했다. '넘치는 것보다 부족한 게 낫다'는 말은 적어도 그 시대 농촌 살림에 어울리는 말은 아니지만, 가난해도 나눌 줄 알았던 우리 형제에 비추어 맞는 말이 아닌가 싶다. 모자라는 게 많았지만, 마음만은 서로 배려할 줄 아는 넉넉함, 그런 것이 우리 형제에게는 있다.

그렇기는 했지만, 위로는 형이 있고 아래로는 4명의 동생이 있는 차남의 위치는 형제애와는 상관없이 부담스러운 것이었다. 형을 서울로 유학을 보내는 것만 해도 벅찰 텐데 나까지 중학교에 보내기 위해 부모님이 얼마나 고생해야 할지 잘 알기에 마음이 더욱 무거웠다. 그러면서도 어린 마음에 송아지를 안 키우면 자칫 중학교에 못 다니게 될지도 모른다는 생각이 들었다. 학교 수업이 끝나면 지게를 메고 꼴을 베러 산이나 들로 부지런히 다녔다. 평일보다 좀 여유가 있는 휴일에는 송아지를 들판으로 몰고 나가 풀을 뜯어 먹게 했다.

다른 아이들이 노느라 정신이 없을 때 나는 꼴을 베러 산야를 누비는 일이 뭐 그리 즐거운 일이었으랴. 가끔 풀밭에 누워 하늘을 보면 푸른 하늘이 슬퍼서 더 파랗다는 생각도 들었다. 그럴 때면 가슴이 울컥해지기도 했지만, 그렇다고 게으름을 피우지는 않았다. 겨울이면 일찍 일어나 소죽을 끓여 먹이고 학교에 갔다. 피곤해서 조는 일도 가끔 있었다. 하지만 중학교에 다닐 수 있고 살림에도 보탬이 될 수 있다는 생각에 이내 정신을 차리고는 했다.

어쨌든 나는 송아지를 키워 남은 이익금으로 중학교에 갈 수 있었고, 중학교에 다니는 동안 세 마리의 송아지를 더 키웠다. 문제는 고등학교 입학이었다. 형이 대학에 진학하지 못하고 재수를 준비해야 했으니 부모님은 내가 집안일 돕기를 내심 바라셨던 듯하다. 그럴 만도 했다. 학교에 가는 형제자매가 늘어날수록 학비를 마련하는 문제는 절대 만만한 일이 아니다. 지금도 그렇지만, 예전의 농촌에서는 정말로 어려운 일이었다. 지금 생각해보니 오죽하면 나를 중학교에 보내기 위해 송아지를 키웠을까, 이해가 간다. 더욱이 아래로 여동생 둘과 남동생 둘도 줄줄이 입학하고 진학하고 그럴 텐데, 어찌 첩첩산중을 헤쳐나갈까 암담했으리라. 나중 일이지만, 계속해서 논밭을 팔아야 하는 일이 생겨난 것은 학비문제가 있어서였을 것이다. 아무튼, 나는 결국 고등학교 진학하는 대신 집안일을 돕기로 했다.

주변에서는 '자진 포기'에 효심이 지극하다고 더러 칭찬했지만, 내 귀에 그런 말은 잘 들리지 않았다. 뒷산에 올라 아무도 듣는 이 없는데 어둠이 내릴 때까지 넋두리를 늘어놓기도 하고, 비를 맞으며 하염없이 들판을 헤매기도 했다. 허탈한 마음을 달래 보려는 심사였지만, 그런다고 텅 빈 마음이 사라지는 건 아니었다. 애꿎게 옷만 적셔 집에 돌아가면 어머니의 호통이 기다리고 있을 뿐이었다. 희뿌연 비안개에 덮인 길처럼 앞이 보이지 않는 참으로 암울한 시기였다. 고등학교를 못 보내는 부모님의 참담한 심정을 모르는 것도 아니고, 달리 상황을 반전시킬 뾰족한 묘수도 없어서 묵묵히 현실을 수긍하기로 했다.

지금도 비 내리는 날이면 그 시절 어릴 때 산과 들을 헤매던 일들이 젖은 옷처럼 축축하게 자리하곤 한다.

선생님의 끈질긴 설득, 뒤늦게 고교 입학

겨울의 시골에서는 땔감을 마련하는 것이 아주 중요한 일이었다. 나는 보통 오전에 한 짐을 하고 점심 후에 다시 땔감을 마련하려 다녔다. 그런데 오후에 나뭇짐을 지고 집으로 돌아오는 길이 공교롭게도 하교해 돌아오는 길목이었다. 땔감을 지고 가다가 저만치서 두런거리며 오는 친구들 모습이 보이면 나는 지게를 세워놓고 얼른 길 아래로 내려가 숨기 일쑤였다. 나뭇짐을 진 모습을 보이는 게 싫었기 때문이다. 학교에 못 가고 땔감을 준비하는 것이 부끄러운 일은 아니지만, 딱히 자랑할 일도 아니었다. 시끌벅적한 소리가 지나가고 나면 집으로 돌아오는 길, 그 길은 유난히 멀고 힘겨웠다. 나뭇짐을 내려놓고 방으로 들어가 소리죽여 울 때도 있었다.

기적 같은 일이 일어난 것은 봄이었다. 중3 담임을 맡으셨던 선생님이 아버지를 설득하기 시작하셨다. 선생님은 하루가 멀다고 아버지를 찾아 소주잔을 건네며 나를 일러 너무 아까운 놈이니 고등학교에 보내라고 매달리다시피 사정하셨다. 이런 선생님의 끈질긴 설득에 아버지도 조금씩 마음이 움직이셨다. 술 한잔하고 들어온 아버지는 어느 날 저녁 나를 부르더니 고등학교에 가고 싶으냐고 물으셨다.

기다리던 물음이었다. 조금도 망설임 없이 가고 싶다고 말씀드렸다.

내가 고등학교에 입학한 것은 이미 학기가 시작된 뒤인 4월의 끝자락이었다. 갑자기 이루어진 일이었기도 하고, 학교에 가고 싶은 마음이 커 중학교 때 입었던 교복에 배지만 바꿔 달고 달려갔다. 가방에는 공책뿐이었다. 교과서가 없었기 때문에 열심히 필기한 것으로 공부하자니 불편이 컸지만, 그래도 좋기만 했다.

수업을 마치면 집에 돌아오면 그야말로 머슴처럼 일했다. 고등학교에 다닐 수 있다는 것이 꿈만 같아서 더욱 열심히 일했다. 물론, 틈틈이 공부도 맹렬하게 했다. 그 덕분이었는지 1학기 기말시험을 제법 잘보았다. 담임선생님은 2학기 교과서를 선물로 사 주셨다. 정말 고마웠다. 아마 책도 없이 공부한 녀석치곤 성적이 좋아 대견하게 생각하셨던 듯하다.

다만, 일도 공부도 열심히 한다고 해서 집안 형편이 나아지는 데에 보탬이 되는 건 아니었다. 수업료를 제때 내기가 어려웠다. 이 때문에 어떨 때는 교실에서 쫓겨나 창밖에 서 있어야 했다. 희뿌옇게 안개 서린 창안을 기웃거리며 수업을 도강하다가도 나도 모르게 눈물이 쏟아져 주저앉아 소리죽여 울기도 했다.

이렇게 어렵사리 공부했지만, 학교생활은 신나고 좋았다. 집안일도 즐겁게 도왔다. 다만, 고등학교를 졸업하게 된 것만도 어딘데, 언감생심 대학교 진학까지는 생각할 수 없었다. 고3 여름방학 때부터 공무원시험을 준비한 것도 그래서였다. 학교에서는 교실을 하나 내어주어 내가 밤늦게까지 공부할 수 있도록 배려해주었다. 전등 좀 늦게 끄면 되는 일이기는 하지만, 고마운 일이었다. 아마 숙직 선생님은 나 때문에 귀찮았을지도 모른다.

밤마다 시험공부에 매달렸다. 사실, 2학기 수업이 남아 있었던 데다가 공무원 시험에는 군필자 가점도 있었으므로 내게는 불리했다. 그러므로 첫 시험에 합격하리라고는 나도 다른 사람도 기대하지 않았다.

시험 보는 날 내 눈은 밤을 꼬박 지새우며 마지막 정리를 하느라 퉁퉁 부어 있었다. 그런데 믿기 어려운 일이 일어났다. 덜컥 합격했다. 당연히 기쁠 일이었지만, 마냥 그럴 수 없는 일이 있었다. 한해 전 연세대학교에서 주최한 '전국 남녀고교생 문예 작품 공모'에서 내가 장원했기 때문이다. 학교에서도 큰 화제였다. 여기저기서 축하를 받느라 마치 스타가 된 기분이 들기도 했다. 하지만 나는 고민이었다. 국어국문학과 입학금과 1학기 등록금이 면제되는 장학 특전이 있는 데다가 연세대학교 같은 일류 대학에 가게 돼 좋겠다며 주변에서는 부러워했지만, 대학에 갈 집안 형편이 못 된다는 걸 너무나 잘 알고 있었기 때문이다. 나는 남모를 가슴앓이를 속으로만 삭이며 땔나무를 하거나 집안일을 도우며 그해 겨울방학의 하루하루를 지루하게 보냈다. 부모님도 내색은 하지 않았지만 이러지도 저러지도 못하는 눈치였다.

아쉬움 속에 한 해가 저물어가던 때였다. 군청에서 새해 1월부터 실습하러 나오라는 통지서가 왔다. 이 통지서로 나는 대학 진학에 대한 미련을 버리고 공직의 길로 들어서기로 마음을 먹었다. 그리고 부모님께도 결심을 말씀드렸다. 어머니가 잘 생각했다며 고맙다고 두 손을 꼭 잡아주셨다. 아버지는 속이 상하셨는지 슬그머니 나가시더니 거나하게 술 한잔 걸치고 들어와 미안하다며 눈시울이 붉어지셨다.

다음 날, 아버지는 내 손을 잡고는 동대문시장에 가서 점퍼와 바지 두 벌을 사주셨다. 교복 외에는 변변히 입을 옷이 없다는 것을 알고 계셨던 아버지의 선물이었다. 나는 그 옷을 입고 고등학교 졸업 전부터 공무원의 길을 숙명처럼 걷게 됐다.

제대한 지 하루 만에 공직 복귀

고향 면사무소에 발령을 받아 2년 가까이 일한 후 나는 자원입대했다. 면사무소에서 일하는 것이 생각보다 힘들기도 했고, 어차피 갈 군대이므로 일찌감치 다녀오자는 마음에 조기 입영원서를 낸 것인데 난리가 났다. 형이 아직 제대하지 않았는데 상의도 없이 멋대로 일을 저질렀다며 부모님은 노발대발하셨다. 하지만 돌이키기엔 이미 늦은 일이었다.

3년 가까운 군 복무를 마치고 집으로 돌아왔는데 쉴 틈이 없었다. 제대한 지 하루 만에 군청 근무 명령서를 받았기 때문이다. 당시 형이 군청 행정계에서 일하고 있었는데 나에게는 사전에 한마디 의견 교환도 없이 발령을 내버렸다. 할 수 없이 갓 제대한 군인의 짧은 머리로 군청에서 일해야 했다. 공교롭게도 내가 맡은 일이 징병검사나 현역병 입영 관련 업무를 취급하는 병사兵事여서 기분이 묘했다.

군청에는 형 말고 사촌 형도 근무하고 있었다. 그러다 보니 좋은 점이 많았지만, 불편한 것도 있었다. 자칫하면 승진 문제를 놓고 형제끼리 다퉈야 할지도 모른다는 생각이 들어서 나는 형에게 도청으로 가고 싶다고 말했다. 형도 두말없이 그렇게 하는 것도 좋겠다며 힘을 실어주었다. 고마운 일이었다. 그런데 그게 쉬운 일은 아니었다. 도청으로 전입하려면 시험을 봐야 했는데, 시험 과목 중에는 아예 접해 보지도 못한 것이 있었다. 가령, 행정법은 고등학교에서는 배우지 않은 생소한 분야였다. 또다시 밤을 지새우며 새롭게 공부해야 했다. 간신히 끝자락에 매달려 합격할 수 있었다. 이로써 나는 광주시청에서 경기도청으로 자리를 옮겼다.

청운의 뜻을 품고 도청에 왔지만, 지연이나 학연이 전혀 없는 나는 망망대해에 떠 있는 외로운 조각배 신세 같았다. 열심히 일하는 것밖에 다른 길이 없다는 생각이었다. 도청은 군청과 달리 행정고시 출신도 즐비했고 대학 졸업자도 많았다. 속칭 가방끈 짧은 것이 마음에 걸렸다. 학력 콤플렉스를 절감하면서 죽기 살기로 일만 열심히 했다. 누구보다 아침 일찍 출근하고 늦게 퇴근하면서 선배들 일까지 도왔다. 그러다 보니 일 잘한다는 평이 나기 시작했고, 나와 함께 일하고 싶다는 사람이 많아졌다.

그래서였는지 나는 대부분 직원이 선망하는 인사팀으로 발령이 났다. 열심히 일한 덕분이지만, 그것만으로 보직이 되는 것은 아니므로 행운도 따랐다는 생각이다. 인사팀은 도청에서 일하는 모든 직원에 대한 총체적인 인사관리를 담당하다 곳이다. 그러므로 자연스럽게 많은 직원과 접할 기회를 얻는다. 도청 전입 3년 차에 지나지 않는 나로서는 더없이 좋은 일이었다. 많은 동료 선후배 직원을 만나면서 많은 것을 배우고 그들의 이야기도 들어주었다. 물론, 이 과정에서 부탁도 적지 않았다. 해결이 될 만한 부탁이어도 신출내기인 내가 할 수 있는 일이나 권한은 그리 크지 않기 때문에 제한적인데, 안 되는 일을 부탁할 때는 참 곤란했다. 그래도 최대한 친절하게 그들에게 정성을 다해 대했다. 특별히 내세울 것이 없는 나로서는 많은 직원과 친분을 쌓는다는 자체가 재산인데, 이들을 함부로 대해서는 안 된다는 생각이었다.

사실, 인사팀은 속칭 권력부서이다. 바로 이 때문에 직원에게 인식이 안 좋을 수 있다. 예전과 별다를 것 없이 똑같은 각도로 허리 숙여 인사해도 인사팀에 가더니 뻣뻣해졌다는 소리를 듣기 십상이다. 그런 걸 잘 알기에 나는 모든 사람에게 되도록 허물없이 대하려고 노력했다. 이 덕에 나에게 호감을 느끼는 직원이 많았던 것 같고, 도청에서 나름대로 평판도 좋았다고 본다. 잘 봐주니 고맙고 다행스러운 일이었다.

도청 전입 후 인사부서에 근무할 수 있었던 것은 이후 공직생활을 계속하는 데에도 큰 도움이 되었다.

사표 내고 흘렸던 눈물, 나중엔 보약

공보실에서 도정홍보 자료를 만들어 언론사에 제공하는 일을 하던 시절이었다. 일이 잘못 꼬여 중앙지에 대서특필되고, 사설은 물론 메이저 방송 뉴스에도 큰 이슈로 보도되는 사건이 생겼다. 상사가 홍보 자료에 말도 안 되는 글을 첨삭해 놓은 게 발단이었다. 홍보자료는 늘 객관적인 사실을 있는 그대로 전해야 하는데 오해를 살만한 말을 삽입시켜놓은 것이 문제였다. 재하자 유구무언在下者 有口無言이라, 일선의 내가 책임을 지기로 했다.

하지만 막상 사표를 내던지고 돌아서려니 너무 억울하고 설움이 북받쳐 주체할 수 없이 눈물이 쏟아졌다. 부모님과 아내, 아들 녀석 얼굴까지 떠올라 미칠 것 같았다. 어둠 속 포장마차에 들어 눈물이 녹아든 술잔을 기울이며 하염없이 울었다. 다음날부터는 집에서 나와 산자락을 돌아보거나 원천유원지에서 초점을 잃은 채 넋 놓고 앉아 있거나 하면서 이리저리 방황했다. 그러다가 어느 해 질 녘에 평소에 알던 기자를 만나 술잔을 기울였다. 그는 사실대로 말하라며 계장이나 홍 주사가 그런 실수를 할 사람이 아니라는 건 출입 기자 모두 안다고 다그쳤다. 부지사가 조사계장을 불러 사실 규명을 지시해 조사하는 중이라는 말도 덧붙였다.

"조사해도 사실이 밝혀지기는 쉽지 않을 겁니다. 운명에 맡겨야지요."

나로서는 사실대로 말할 수는 없는 일이었다.

일할 때는 금방 점심시간이 되고 금방 퇴근 시간이 되더니 참으로 지루한 하루하루였다. 집에 들어가면 아내는 안색이 좋지 않다면서 술좀 줄이라고 잔소리했다.

정처 없이 떠돈 지 사흘째인 날, 도청에서 부지사가 찾는다며 들어오라고 연락했다.

"당신들이 한 일이 아닌데 왜 아무 죄 없이 사표를 쓰나."

나를 보더니 부지사가 호통을 치며 사표를 찢어 버렸다. 그러고는 한소리 더 덧붙였다.

"쓸데없는 짓 하지 말고 일이나 열심히 해!"

나도 모르게 안도의 한숨이 나왔다. 사무실에 돌아오니 동료 직원이 등을 두드려주며 위로하는데 순간 울컥했다. 그날 저녁 함께 사표를 썼던 계장과 술잔을 주고받으며 허탈하게 웃기도 하고 울기도 하면서 서로 위로했다. 누명을 벗어 좋기도 하고, 후련하기도 하고, 괜스레 미안하기도 하고, 갈피를 잡기가 어려웠지만, 산다는 게 참 힘든 일이구나 하는 것을 새삼 실감한 사건이기도 했다.

이 일 후 계장과 나는 '의리의 사나이'로 평가를 받게 되었다. 만나는 동료 선후배마다 대단하고 잘한 일이라며 덕담을 해주었다. 그때 새삼 깨달았다. 진실은 밝혀진다는 평범한 진리를. 하지만 이런 사건에도 도지사와 부지사는 영전했고, 훗날 사건 발단의 주인공도 영전했으니 아이러니한 일이 아닐 수 없다.

어쨌거나 나는 적어도 겉으로는 못생긴 콧날만 어루만지며 아무 일 없었던 것처럼 지냈다. 사무실에서도 그랬지만, 집에서도 한 가정의 가장이 어깨가 늘어져 있고 표정이 어두우면 가족이 불안해할 것 같아서였다. 그저 많이 힘이 들면 술 한잔 걸치거나 도 닦는 심정으로 산에 들었다. 만약, 내가 부모님과 아내에게 사표를 썼다고 말했으면 한바탕 소동이 벌어졌을 것이다. 더구나 일곱 살 아들을 둔 아내는 태산이 무너지는 것 같은 엄청난 충격을 받았을지도 모른다. 그때 그 일을 사실대로 말하지 않은 건 미안한 일이지만, 결과적으로 수습이 잘 되었으니 잘한 일이라는 생각이다.

이 사건 후에도 두세 차례 사표를 안주머니에 넣고 살얼음판을 걷듯 지낸 적이 있었다. 이런 과정을 겪으며 많은 생각과 성찰의 기회를 얻었다. 그렇게 마음을 단련하다 보니 내공이 쌓여 웬만큼 어려운 일은 능히 이겨낼 수 있고, 절망을 잘 견뎌 일어서면 희망이 보인다는 것도 깨닫게 됐다.

책임을 진다는 건 쉽지 않은 일이다. 그것은 많은 것을 잃을 수도 있는 아주 중요한 일이다. 하지만 책임을 회피하거나 감추는 일은 비겁하다. 사표를 내고 눈물을 흘렸던 일은, 공직의 길을 걷는 동안 어떠한 마음으로 살아야 하는지를 생각하게 하는 좋은 보약이었다.

비서실 직원은 머슴 중에서도 상머슴

인사팀에서 일하다가 승진해 공보실에서 3년 가까이 일했는데, 나는 다시 인사팀에서 일하게 됐다. 업무 특성상 인사를 잘 아는 직원이 일하는 게 좋겠다고 판단해 다시 발령을 낸듯했다. 그런데 인사팀에서 일한 지 두 달 남짓 지났을 때 도지사 수행비서로 발탁되는 일이 생겼다. 전임 수행비서가 승진해 다른 부서로 가는 바람에 공석이 되자 인사팀에서 6명의 후보자를 추천했는데, 이 중에 들어 있던 내가 발탁된 것이다.

마음이 심란했다. 관선 시대 도지사는 시장과 군수를 임명하는 등 공무원 인사에 전권을 휘두를 수 있었으므로 그 권력이 막강했다. 솔직히 말해서 두려움이 컸다. 공직 경험 10년 이상이지만, 도지사를 모시고 수행하는 임무는 절대로 쉬운 일이 아니라는 생각에 걱정부터 앞섰다.

"아버지! 저보고 도지사 수행비서로 일하라는데요?"

시골에 전화했다. 어려운 일이 생길 때마다 아버지 가르침을 받고 판단했던 나로서는 당연한 일이었다.

"비서? '따까리'는 양반이 할 일이 아니야. 그냥 인사팀에서 일해."

아버지는 두말할 필요도 없다는 듯 단호하게 말씀하셨다.

따까리는 국어사전대로라면 잔심부름을 도맡아 하는 사람이라는 뜻이지만, 일상에서는 보통 옛날 노비처럼 함부로 대해도 괜찮은 사람 쯤으로 사용된다. 아버지로서 아들이 깔봄을 당하는 것이 못마땅해서 뱉은 말씀이셨을 것이다.

망설이며 마음의 결정을 못 하고 있던 나는 다음날 일부러 옹진군으로 출장 나갔다. 그날, 일을 마치고 함께 나간 동료와 저녁을 먹는데 과장이 전화하셨다. 지사께서 '어떤 친구가 말을 안 듣느냐'며 내일부터 당장 비서실로 올라오라는 엄명이 떨어졌다고 하셨다. 별수 없이 수행 비서로 일하게 된 과정이다. 호통을 치신 분은 임사빈 지사였다.

어느 토요일, 광주에 있는 도립 종축장에서 용인으로 가는 길이었다. 아버지의 모습이 눈에 들어왔다.

"김 기사님! 차 좀 잠깐 세워주세요."

엉겁결에 기사가 차를 세웠지만, 이내 아차 하는 마음에 가슴이 덜컥 내려앉았다. 나도 모르게 차를 세우라고 한 것이지만, 가당치 않은 일을 저질렀구나 하는 자책감이 순간적으로 들었다. 아니나 다를까, 지사께서 갑자기 왜 그러느냐고 물었다.

"아닙니다. 아버지가 지나가시기에 저도 모르게 그만…. 죄송합니다."

"그래? 아버님이야? 그럼 당연히 인사드려야지, 무슨 소리야."

임 지사가 차에서 내리셨다. 정작 내가 당황했다. 얼른 아버지께 달려가 모시는 지사라고 소개했다. 아버지도 깜짝 놀라셨다. 갑자기 도백道伯과 인사를 나누게 되었으니 그도 그럴 것이었다. 그런데 이 일로 끝이 아니었다. 인사를 마치고 길모퉁이를 돌아설 즈음 이번엔 지사께서 차를 세우셨다. 그러고는 나에게 고향 집에 왔으니 하룻밤 자고 오라며 돈을 건네주셨다. 고기를 사 들고 가라는 말도 덧붙이셨다. 야단맞을 각오를 단단히 하고 있던 나로서는 뜻밖이었다.

그때 수행비서가 1년 중 쉴 수 있는 날은 명절을 포함해 열흘도 채 되지 않았던 때이다. 휴일도 없이 일하는 판에 돈까지 주며 하루 쉬다 오라니, 이게 웬 떡이냐 싶어서 한 번쯤 사양의 흉내조차도 내지 않은 채 기다렸다는 듯이 냉큼 받았다.

간 줄 알았던 아들이 오자 아버지는 무척 기뻐하셨다. 더욱이 지사의 배려로 고기까지 사 들고 왔으니 수행비서직을 못마땅해하시던 아버지도 흐뭇해하셨다. 모처럼 아버지와 술잔을 기울인 시간, 참으로 따뜻하고 넉넉했다. 평소에 고기를 그다지 즐기지 않는 어머니도 그날만은 고기를 열심히 구우며 좋아하시는 듯 보였다. 새삼스럽게 부모님과 함께 지낼 수 있도록 배려해 주신 지사가 그렇게 고마울 수 없었다. 수행비서로 일하면서 명절 때를 빼곤 시골에 내려갈 기회가 거의 없었는데 덕분에 정말 즐겁고 행복한 밤을 보낼 수 있었다.

임 지사께서는 퇴임 후에도 아버지가 회갑을 맞았을 때, 축하 선물로 양복 구매권을 보내주셨다. 아버지는 또 한 번 감격하셨다. 돈을 줘 고기를 사 들고 집에 가게 한 일과 함께 이 일을 두고두고 자랑하셨는데, 정작 양복을 너무 아껴 몇 번 입어보지도 못하고 예순둘 아직 한창일 나이에 갑자기 하늘나라로 떠나셨다. 문상 오신 지사께서도 너무 일찍 돌아가셨다며 안타까워하셨다.

다음으로 모신 분이 이재창 지사이다. 수행을 시작하고 며칠이 지나도록 특별한 말씀이 없으셨다. 마음이 무거웠다. 아마도 근량을 저울질해보시는 듯했다. 그러던 어느 날 뜬금없는 질문 하나를 던지셨다.

"기생 알지?"
"예. 압니다."
"머슴은 뭔지 아나?"
"예."
"그렇다면 기생이나 머슴이 어떻게 사는 사람인지도 잘 알겠네?"
"예."
"그래 빨리 알아듣는구먼, 열심히 해."

지극히 짧은 순간이었지만 테스트가 이렇게 끝났구나 하는 생각에 안도했다.

집으로 돌아와 공무원에 대해 많이 생각했다. 이 지사께서 강조하신 것은 무한봉사의 길일 것이다. 다른 일을 하는 사람도 마찬가지겠지만, 특히 공무원은 환경 변화와 관계없이 항상 맡은 일에 최선을 다하는 자세를 잃지 않아야 하는 것이 불문율이다. 공무원은 영혼이 없다는 말도 있지만, 중심을 잃지 않고 일해 준 덕에 우리나라가 이만큼 성장한 것이라 믿는다. 이 지사께서도 이를 기생과 머슴에 빗대어 공무원의 본분을 새삼 상기시켜주셨으리라. 기생은 손님을, 머슴은 주인을 위해 존재한다. 국민을 손님처럼, 주인처럼 모시고 살아야 하는 것이 공무원이고, 행정의 명분도 국민에서 찾아야 한다.

이 지사 이후에도 나는 비서실에서 윤세달, 심재홍, 임경호 지사를 모셨다. 면장도 논두렁 기를 타고나야 한다는 말이 있듯 도지사는 아무나 되는 것이 아니다. 다섯 분의 지사를 모시면서 많은 것을 배웠다. 그런데 민선 시대에 들어와서도 또 비서실에서 일하게 되었다. 비서실 경험이 있는 사람이 비서실의 기틀을 잡아야 한다는 명분이었다. 관선 시절 비서실에서 공휴일도 없이 오래 일했던 나로서는 그리 달가운 일이 아니었지만, 안 간다고 고집을 부릴 처지도 아니었다. 결국, 임창열 지사를 모시게 되었다. 그분의 카리스마는 대단했고 의욕도 대단해서 일처리가 늦어지면 불호령이 떨어지기 일쑤였다.

처음에는 도청 직원이 적응을 못 해 무척 힘들어했다. 엘리트 공무원이 모여 일한다는 중앙부처에서 장관과 부총리로 일하시던 분의 시각에서 볼 때 도청 직원의 일솜씨가 마음에 들지 않았을지도 모른다. 그래서인지 지사께선 도청 직원을 무섭게 다그치며 일을 시켰다. 급기야 사표를 던지는 직원도 생겨나기 시작했다. 이런 분을 모시고 비서실에서 일하는 나 역시 힘들긴 마찬가지였다. 그래도 잘 견뎠다. 시간이 지나면서 다른 직원도 익숙해지기 시작했다. 임 지사의 담금질은 확실히 효과가 있었다. 법령을 바꿔가면서까지 일하는 수준에 다다르게 된 것은 그분의 공이 크다. 지금도 도청 공무원은 그때 경기 도정 수준이 크게 향상됐다는 말을 하곤 한다.

그 후 홍보팀장으로 일하게 되었는데 2년 남짓 일하고 있을 때 뜬금 없이 서울사무소장으로 발령이 났다. 서울사무소장은 보통 서기관 직위의 공무원이 맡으므로 그보다 하위 직급인 나로서는 언감생심 꿈꿀수 없는 자리였다. 더욱이 사무관 중에서도 선배가 많았다. 너무 부담스러워 두 차례 공보관을 통해 고사의 뜻을 전했는데, 요지부동 말을 들어주지 않았다. 결국, 지사와 독대를 신청했다.

"지사님! 제가 아직도 공무원 생활이 10년 이상 남았고 선배가 즐비해서 이번에 승진하면 남은 공직생활이 힘들어질 수 있습니다. 특히, 서울사무소장직은 아무나 할 수 없습니다. 기자와 국회 보좌관 등을 상대해야 하고, 중앙부처 동향도 살피고 관리해야 합니다. 저는 부족한 점이 많으니 재고해 주십시오."
"나랏일을 나이로 하고, 선후배 순으로 그래야 한다는 말인가?"
"그건 아니지만, 너무 이릅니다."
"나도 욕먹을 각오로 결정한 것이니 그리 아세요."

지사의 강경한 고집에 할 수 없이 서울사무소장으로 일하게 되었으나, 나중에는 결국 승진 배수에 들지 않아 다시 비서실로 자리를 옮기게 되었다. 다시 사무관으로 원위치한 셈이다. 본의 아니게 선배와 동료의 미움을 받게 되고 마음고생이 적지 않았는데, 훨씬 마음이 편했다.

돌이켜보면 비서실과는 참 끈질기게 인연이 이어졌다. 이재창 지사께서 공무원을 머슴에 빗대어 말했지만, 비서실 공무원은 머슴 중에서도 상머슴이어야 한다. 나는 용인시 부시장직으로 일하다가 2013년 12월을 끝으로 명예퇴직하고, 2014년에 들어서는 모처럼 일반 시민의 삶을 누리고 있었다. 그러나 그 평범한 일상은 오래가지 못했다. 이해 6·4

지방선거에서 신승한 남경필 당선인이 도지사 비서실장을 맡아달라고 요청해서였다. 처음에는 시큰둥했으나 동생인 정표를 거론하고, 본가 얘기를 꺼내는 바람에 마음이 움직였다.

"제가 1990년도에 경인일보에 입사해 새내기 기자로 사회부에서 일할 때 정표 선배가 직속 선임이었습니다. 이듬해 정표 선배 아버님이 돌아가셨을 때는 곤지암 상가에 가서 심부름도 했었습니다. 그때 이런 인연이 맺어지려고 그런 게 아니었겠습니까."

정표의 언론사 후배이기도 하고, 더욱이 돌아가신 아버지 장례 때 허드렛일도 했다니, 그것도 인연이라는 말에 고개를 끄덕였다. 남경필 당선인이 도지사가 되어 새롭게 도정을 펼치는 데, 도청에서 32년 일한 내 경험이 공직사회의 벽을 허물고 안정을 되찾는 데 도움이 될 수도 있겠다는 생각도 들었다. 하지만 아내는 물론이고, 주변에서 만류했다. 1급 관리관으로 명퇴한 사람이 4급 정도에 해당하는 비서실장으로 간다는 건 말이 안 된다는 것이었다. 맞는 말이기는 했다. 하지만 지사가 바뀌고 비서실 직원도 모두 바뀌면 소통할 창구가 없어 도청 식구들이 답답할 것이라는 생각이 들었다. 그렇지만 여전히 반대도 만만치 않았다. 당장 연금이 전부 중지되고 명예퇴직금도 반납해야 하니 당연했다. 하지만 새 지사가 안착하고 도청 가족에게 도움이 될 수 있겠다는 내 마음도 그에 못지않았다. 결국, 비서실장직을 받아들였다. 비록 6개월 동안이었지만, 지사와 도청 가족 모두에게 도움이 될 수 있도록 부단히 노력했노라고 자신 있게 말할 수 있다. 지금도 나름대로 소통창구 기능을 맡았던 것은 큰 보람이라고 생각한다. 나이는 나보다 어리지만, 남 지사는 유연하고 순발력 있고 국제 감각도 있고, 잘잘못을 가감 없이 인정하는 등의 장점이 많았다. 특히, 우리 정치사에 새로운 한 획을 그었다고 평가받을 연정은 다른 지자체에서도 본받을 성과라고 본다.

나는 이렇게 오랫동안 일곱 분의 지사를 가까이 모시면서 많은 것을 배웠다. 한 분 한 분의 실력이나 인품이 훌륭했다. 비서실에서 고생할 때는 정신적, 육체적으로 힘들고 버거웠던 것이 사실이다. 그러나 그분들에게서 배운 귀한 자산이 공직생활에 더없이 소중한 자양분이 되었다. 모두 훌륭한 분이었고 나에게 좋은 스승이었다. 평생 공직에 몸담았던 나에겐 큰 행운이었다.

영광스러운 공직 생활, 공기업 CEO까지

오랜 세월을 공직에 몸담아 일하면서 나름대로 올곧은 삶의 몸짓과 진정성을 잃지 않았다고 자부한다. 사무관 승진 전까지는 가장 먼저 출근해 청소부터 하고 가장 늦게까지 남아 일했다. 남모르게 학력 콤플렉스를 겪기도 했지만, 바로 이 점 때문에라도 더욱 이를 악물고 오직 일로만 경쟁한다는 각오로 밤낮없이 일에만 몰두했다. 그러다 보니 학력은 나의 공직생활에 큰 걸림돌이 되지는 않았다는 생각이다.

공직을 시작한 지 20년이 조금 넘어 사무관으로 승진해 처음 면사무소로 발령받았다. 아버지는 "승표야! 기왕 공무원 생활을 시작했으니 잘해서 면장까지 해라" 하고 말씀하셨었는데, 예상보다 승진이 빨랐다. 아버지가 살아계셨으면 아마 동네잔치를 벌였을지도 모른다. 사무관으로 승진해 가장 먼저 달려간 곳도 아버지 묘소 앞이었다. 큰절을 올리고 얼마나 울었는지 모른다. 승진하거나 자리를 이동하게 되면 나는 늘 아버지께 가 인사를 인사 올리곤 했다. 일이 꼬이고 잘 풀리지 않을 때도 묘소 앞에 가 넋두리를 늘어놓곤 했다. 그러면 나도 모르게 막혔던 가슴이 후련해지면서 마음이 편해지고 돌아가신 아버지가 도와주실 것 같은 생각이 들었기 때문이다.

사무관으로 승진한 후에는 더욱 열심히 일했다. 남보다 승진이 앞섰으니 모든 면에서 모범이 돼야 한다는 심리적인 압박감이 있어서이기도 했다. 정말 일에 미친 사람처럼 휴일도, 밤낮도 없이 일에만 매달려 살아왔다. 남들 다한다는 골프를 나는 아예 배운 적이 없다. 돈도 돈이지만 마음의 여유가 없었고, 국민의 머슴으로서 쓸데없는 오해를 살 필요가 없다는 생각도 있었다. 어려운 이웃을 위해 기부도 조금씩 해왔다. 1989년부터 소년·소녀 가장 돕기 후원자로 등록해 매월 정기후원금을 내고, 적십자 후원금과 도서벽지 학교 신문 보내기 성금 기탁 등의 무한 돌봄 사업에도 참여했다. 사무관 시절엔 연간 최소 100만 원 이상 이웃돕기를 했고 직급이 오를 때마다 100만 원 정도씩 늘려 이사관 시절엔 400만 원 넘게 기부했다. 아내도 이웃돕기는 반대하지 않았다. 아내 역시 어려운 시절을 겪었기 때문일 것이다.

대학을 가지 못한 아쉬움은 늘 가슴 한구석에 응어리져 있었다. 승진하고 사는 형편이 나아져 지천명을 앞둔 때, 나는 뒤늦게 야간대학에 입학했다. 법률행정학과였는데, 사무관 승진시험 때 공부했던 내용이라서 큰 어려움은 없었다. 대학 졸업 후에는 경기대 행정대학원으로 진학해 행정학 석사학위도 받았다. 노령 학생이었지만, 젊은이에게 뒤떨어질 수 없다는 생각으로 최선을 다해 공부했고, 그 결과 수석 졸업의 영광도 안았다.

일도 열심히 했지만, 신변 관리도 철저히 한 덕분에 '괜찮은 공직자'라는 평가도 받았다. 도청 직원이 선정하는 '함께 근무하고 싶은 베스트 간부 공무원'에 4회 연속 선정된 것이 이를 증명해 주지만, 의심을 살 만한 일은 절대로 하지 않으려고 애쓴 보람이다.

애국이라는 거창한 구호를 내세우고 싶지는 않지만, 공직사회의 발전과 공무원의 처우 개선을 위해서도 나름대로 큰 노력을 기울였다고 생각한다. 공정한 인사관리와 정밀건강진단 등 직원 복지에 관심이 많아 어떻게든 지원을 늘리려고 힘썼는데, 이 덕분에 경기도청 공무원 노동조합 사상 처음 감사패를 받았다. 공직자로선 최고의 영예라 할 수 있는 '다산대상 청렴봉사 부문' 대상도 받았다. 이 상은 상금도 1,000만 원이나 포함돼 있어 명예와 부를 일시적이나마 한꺼번에 누리게 해주는 큰 상이다. 또, 경기도청 전·현직 공무원을 대상으로 선발하는 '경기도를 빛낸 영웅' 37인에 선정되기도 했다.

전국의 지방공무원을 대표해 2년 6개월 동안 정부의 '공무원 직종 개편위원'으로 일한 것은 큰 보람이었다. 공무원 직종 개편은 30년이 넘도록 이루어지지 않은 해묵은 숙제였고, 특히 기능직 공무원과 별정·계약직 공무원의 일반직 전환 문제는 숙원 중 숙원이었다. 그런데 맹형규 장관의 결단과 정부의 진취적인 결정으로 공직 사회의 오랜 소망이 이루어졌다. 나도 이에 적지 않게 이바지했다고 생각한다. 내가 포함된 직종 개편 6인 소위원회는 20여 차례에 걸쳐 머리를 맞대고 시험과목 축소와 상대평가의 절대평가 전환 등 공직자의 오랜 염원을 해결할 안을 마련했는데, 이 공무원 직종 개편안이 국회에서 원안대로 통과됐다. 얼마나 기뻤는지 모른다. 전국 지방공무원을 대표해 공직개편 소위원회 위원으로 활동한 것은 지금 생각해도 정말 영광스러운 일이었다. 이러한 공로를 인정받아 전국광역연맹노동조합으로부터 감사패도 받았다.

내가 걸어온 공직의 길은 절대 가볍지 않았다. 힘들고 치열했다. 그러나 보람이 있었다. 특히, 객관적이고 공정하게 일한다는 것이 말처럼 쉬운 것은 아니지만, 어려운 만큼 그것이 주는 행복감과 자랑스러움은 다른 것에 견줄 바가 아니다.

　말단 공무원으로 시작해 고위직에 올랐고, 공기업 CEO까지 했으면 그것만으로도 충분히 만족하게 생각한다. 지금은 입정入定과 여행을 통해 자신을 가다듬고 정리하면서 생각의 깊이와 넓이를 더하고 있다.

아버지의 술자리 예절과 왼손의 의미

동서고금을 막론하고 술에 관한 전설이나 떠도는 이야기가 많다. 술에 관한 한 자칭 내로라하는 주당酒黨이나 주신酒神도 많다. 그렇지만 술을 제대로 아는 사람은 그리 많지 않은 듯하다.

시골에서 자란 촌놈이라 어릴 때부터 술을 접했다. 들에서 일하는 어르신의 새참 심부름을 하면서 일찍 술을 알게 됐다. 새참은 대부분 두부김치에다 막걸리였다. 술이 담긴 큰 주전자가 무겁기도 하고 호기심도 발동해 한 모금 두 모금 홀짝홀짝 마시다 보니 술맛을 알게 된 것이다. 마시면 기분이 좋아지므로 힘든 줄도 모르고 심부름을 도맡아 했다.

조금 더 커서 농사를 돕거나 땔나무를 할 때는 동네 형들이 주는 술을 마셨다. 혼자 몰래 마시던 조심스러운 형태에서 어느 정도 덮어주는 분위기로 바뀐 것이다. 사실, 형들이나 어르신들도 마주 앉아 담배 피우는 것은 금기시했지만 술 마시는 것엔 관대한 편이었다. 술도 음식이라며 짐짓 모른 채 해주셨다. 그래도 드러내놓고 술을 마실 수는 없었다. 학생 신분이었고, 한창 공부하고 성장할 나이에 술을 마시는 것은 여러 가지로 도움이 안 된다는 것에 나도 동의했기 때문이다. 몰래 조심스럽게 술을 마시긴 했지만, 조금씩 맛보는 수준에 지나지 않았다. 그런데 술 마시는 일을 합법화(?)하는 사건이 생겼다.

열일곱 살이 된 해였다. 할머니 제사가 끝났을 때 아버지가 "사내자식이 열일곱이 되었으면 술도 마실 줄 알아야지" 하며 술잔을 건네셨다. 놀란 척했지만 내가 술 마시는 것을 알고 있을 거라는 생각도 들었다. 아버지는 나름 주법酒法을 전수하셨다. 윗분께 잔을 올릴 때는 오른손으로 잔을 건네 올린 다음 술을 따르는 게 기본이라는 것이다. 윗분이 술잔을 권할 때는 두 손으로 공손히 받아 고개를 약간 돌리고 술잔을 기울이라 하셨다. 잔을 부딪칠 땐 윗분 잔보다 아래로 하되 상대의 얼굴을 쳐다보라고도 하셨다. 사람이 많아 자리에서 일어나 술을 권할 때도 반드시 오른쪽으로 가서 오른손으로 잔을 드리고 술을 따르라면서 왼손으로 술을 권하는 것은 술자리를 함께할 수 없다는 의미가 있다는 것이었다.

옛날 선비들은 마을 정자에 모여 술 한잔에 시와 노래를 담아 마셨다. 술 한 잔에 노래 한 가락, 술 한 잔에 시 한 수가 어우러졌다. 때로는 먼 산이나 강 자락을 바라보며 술을 마시는 풍류도 즐겼는데, 아는 선비가 지나가면 불러 함께 술자리를 하는 게 상례였다. 이때 인사를 나누고 한 순배 돌아가면 동석했던 선비는 자리를 떠야 한다. 하지만 분위기가 좋으면 함께 더 있고 싶을 수도 있다. 이럴 때 왼손으로 술잔을 권하면 그 잔을 받아 마시곤 자리에서 일어나는 것이 관례였다고 한다. 왼손으로 권하는 잔의 의미는 술자리를 떠나라는 뜻이 담겨 있다는 거다. 그런데 이런 의미를 아는 사람이 많지 않다.

거지 사회에도 신분이 있다고 한다. 왕초 거지는 움막 안에 앉아 얻어오는 걸 먹으며 편히 지내고, 내초 거지는 왕초 시중을 들면서 지내고, 초초 거지는 다른 무리로부터 거처를 보호하는 일을 하고, 신초 거지는 동냥을 얻어오는 일을 한단다. 그들도 가끔 폐지 등을 판 돈으로 고기를 사서 회식한다고 한다. 이때 마음에 들지 않는 거지에게 왕초가 왼손으로 잔을 권하면 쫓겨날 것을 염려한 거지는 절대로 왕초의 잔을 받지 않고 더 있게 해 달라고 애원했다는 것이다. 거지도 왼손 잔의 의미를 알았다는 얘기인데, 요즘 이런 주도를 아는 사람이 얼마나 될지 모르지만, 모르는 게 자랑은 아니다. 더욱이 알면서도 행하지 않으면 부끄러운 일이다.

고향의 면사무소에서 새내기 공무원으로 일할 때 아버지 친구분들이 집으로 놀러 와 술자리가 벌어졌다. 그중 한 분이 나를 부르시기에 아버지 눈치를 살피는데 괜찮다고 해 인사를 올리고 얼떨결에 합석했다. 한 순배 술잔을 받아 마신 직후였다. 느닷없이 아버지가 왼손으로 잔을 내밀곤 술을 채워주셨다. 그때 아차 싶었다. 술자리가 너무 좋은 나머지 나도 모르게 너무 오래 앉아 있었던 것. 그 잔을 비우고는 벌떡 일어나 좋은 시간 보내시라 인사를 드리곤 자리를 빠져나왔다. 아버지가 가르쳐준 왼손 잔의 의미를 절감했던 순간이었다.

술은 잘 마시면 약이 되지만 잘못 마시면 독이 될 수 있다. 술에 대해 비교적 관대한 것이 우리나라 문화이기는 하지만, 실수가 크거나 잦으면 사람대접을 받지 못하게 된다. 술자리를 통해 사람의 근량을 달아 보는 것도 이러한 이유일 것이다. 몰래몰래 술을 마시던 나에게 일침을 가하며 정곡을 찔러주셨던 아버지는 주도에 관한 훌륭한 스승이었다. 그 덕분에 어느 술자리에서든 결례했다는 말을 들은 적이 없다. 나 역시 아들 녀석이 대학에 입학할 무렵 아버지의 주도를 그대로 전수했다.

무식하면 용감하다지만 아는 것이 힘이다. 주도를 제대로 아는 것도 인생살이에 좋은 보약이 될 것이다.

방 3개짜리 아파트를 얻기까지

1980년대 초부터 촌놈이 도시 물을 먹기 시작했다. 도시라고 해야 수원이지만, 광주 촌놈이 경기도청 전입 시험에 합격하고 도청 사업소로 직장을 옮기면서 부득이 이사하게 됐다. 화서동수원시 팔달구에 방 2개가 달린 13평짜리 아파트에 새로 보금자리를 틀었는데 연탄보일러 구조였다. 갓 돌을 지낸 아들 녀석을 안고 이리로 이사할 때 장모께서는 하염없이 눈물을 흘리셨다. 이를 위로하며 말로는 잘살겠다고 했지만, 사실 나도 객지 생활이 두려웠다. 하루에 연탄을 3번 갈아야 했는데 보통 귀찮고 힘든 일이 아니었다. 매일 밤 잠자다가 한 번씩 일어나 연탄을 갈아줘야 했다.

그뿐만 아니다. 시골에 살 때보다 생활비가 훨씬 많이 들었다. 시골에 살 때는 채소나 반찬을 집에서 가져 왔는데, 이사하고부터는 일일이 사 먹어야 했다. 물가도 시골보다는 비쌌다. 절약하며 살았지만, 사는 일이 고달프고 버거웠다. 박봉에 굶지 않고 지내는 것이 그저 신통할 따름이었다. 10년을 그렇게 살다가 새 아파트를 분양받았는데 부모님이 거금 1,000만 원을 도와주셨다. 나중에 알고 보니 아버지가 농협에서 대출받은 것이었는데, 그 사실을 알고는 얼마나 울컥했는지 모른다. 그 아파트 역시 방 2개짜리였지만 연탄보일러가 아닌 것만도 감지덕지했다. 16년을 그곳에서 살았다. 무능력하고 주변머리 없는 가장 때문에 아내와 아들 녀석이 고생이 많았다.

남들은 이상하다고 했다. 다들 그 기간이면 몇 번 이사해서 집을 늘려 가는데, 작은 아파트에서 너무 오래 사는 것 아니냐며 한심하다는 표정을 감추지 않았다. 그러나 누군들 큰 집에서 살고 싶은 마음이 없을까. 다만, 정신없이 살다 보니 경제적으로나 마음으로나 여유가 없었을 뿐이다. 두세 차례 이사할 기회가 있긴 했지만, 그러느라 놓치고 말았다. 사실, 돈도 배짱도 없었다. 열심히 살았을 뿐 특별히 낭비하며 지낸 것도 아닌데, 삶 자체가 그만큼 힘겨웠다. 야근을 밥 먹듯 하는 사무실, 그 사무실이 집에서 걸어 15분밖에 걸리지 않는다는 것도 이사를 망설이게 하는 요소였다.

아내와 아들 녀석은 적어도 겉으로는 불만이 없어 보였다. 그러나 나는 알고 있었다. 가장의 기를 꺾지 않으려고 말을 아끼고 있다는 것을, 겉으로는 태연한척해도 속으론 속이 상해 있을 거라는 걸 잘 알고 있었다. 나도 눈치가 있으므로 친구네 집들이에 다녀온 아내가 왜 두 볼때기가 부어오른 채 말없이 애꿎게 걸레질만 해대는지, 왜 잘사는 친구 집에서 놀고 온 아들 녀석이 긴 한숨을 내쉬고 들여 쉬며 컴퓨터에만 매달리는지 짐작했다. 어머니께서 살아생전 우리 집에 머무르실 때 너흰 언제나 좀 더 큰집을 장만하느냐고 하셨는데, 그때도 나는 그저 말없이 뒤통수를 쓰다듬다 죄 없는 콧등만 어루만져야 했다.

내 가슴엔 '더도 말고 방 3개짜리 아파트에 살았으면 좋겠다'는 아내의 말이 비수처럼 박혀 있었다. 일만 열심히 하며 살아온 것에 부끄러움은 없지만, 나에게 화내지 않고 살아온 아내, 삐뚤어지지 않고 잘 자라준 아들 녀석에겐 한없는 미안함과 고마움이 있었다. 사실, 방 3개 짜리 아파트에 사는 일, 그거 절대로 만만한 일이 아니다. 박봉인 월급 만으로 대한민국에서 집을 늘린다는 건 거의 불가능하다. 더구나 내가 뒤늦게 야간대학과 대학원을 다녔으니 가계가 어려울 수밖에 없었다. 그러니 우리 가족에겐 방 3개짜리 아파트가 최대 꿈이고 희망이었다.

어려움 속에서도 절약하고 저축해 방 3개짜리 아파트를 드디어 분양받고, 분양 3년 만에 이사한 것은 결혼 28년 만이었다. 너무 좋아하는 아내와 아들을 보니 새삼스럽게 내가 그동안 집 문제에 너무 무관심했구나 하는 생각에 미안했다.

이삿짐을 풀고 나서 저녁을 먹고 베란다로 나섰다. 한겨울이라 바람이 차가웠지만, 마음은 푸근했다. 문득 시린 빛 밤하늘 위로 고혹한 달과 함께 부모님의 얼굴이 겹쳐 보였다.

'부모님이 방 3개짜리 새집으로 이사한 걸 보셨으면 얼마나 좋았을까?'

어느새 콧등이 시큰해지고 눈가에 안개가 서리기 시작했다. 먹먹해진 가슴으로 아주 오랫동안 달을 보며 서 있었다.

손주 재롱에 피곤 모르는 할아버지 되다

일을 하다 보면 집에 들어가는 시간이 늦어질 때가 있다. 어쩌다 회식이라도 있는 날엔 더욱 그러하다. 아들 녀석이 5살 때로 기억한다. 일도 늦게 끝난 데다 회식이 이어져 자정이 넘어 집에 들어간 날이었다. 초인종을 눌렀더니 아들 녀석이 문을 열어 주었다.

"엄마는?"
"엄마가 일찍 잠이 들어서 아빠 문 열어주려고 내가 기다렸어."
"그래?"

술이 확 깨는 느낌과 함께 제법 어른스러운 모습이 대견스러웠다. 한편으로 이제는 밤늦게 술 취한 꼴을 보여선 안 되겠다는 생각이 들었다.

세월이 참 빠르게 흘러간다는 걸 실감한다. 그때 문을 열어주며 나를 걱정하던 아들이 결혼했다. 계절의 여왕 5월이었다. 아들 녀석은 일찌감치 결혼을 서둘렀는데 이러저러한 사정으로 미루어야 했다. 아내도 조금 늦췄으면 좋겠다고 했었다. 하지만 아들의 마음을 무작정 무시

할 수는 없었다. 더구나 혼사를 늦춘다고 특별히 달라질 것이 없는데, 더는 미룰 이유도 없다는 생각이 들었다.

조촐하지만, 소박하면서도 품위 있는 결혼식이 되도록 나는 무척 애썼다. 친척을 비롯해 많은 하객의 축하와 격려가 아내와 아들에게 큰 격려가 되었을 것이다. 나도 아들의 결혼 후에도 이어진 축하의 말에 큰 힘을 얻었다. 하지만 원망의 소리도 축하 못지않게 듣고 살아야 했다. 별도로 청첩을 하지 않았기 때문이다. 청첩했다면 금전적으론 도움이 되었을 테지만 하지 않았다. 내가 현직 고위 공무원이므로 어쩔 수 없이 축의금을 내야 하는 사람이 많을 거라는 생각 때문이었다. 상대방을 배려하며 올곧게 살아야 한다는 나 나름의 자존심이 다른 사람에게 부담을 주는 일을 허락지 않았다. 동의해준 아내가 고마웠다.

하나밖에 없는 아들에게는 빚이 많다는 생각이 든다. 아버지로서 변변히 놀아준 일이 없고 신경을 써 준 일도 별로 없었기 때문이다. 너무도 바쁜 부서에서만 일하다 보니 시간적 여유가 없기도 했다. 특히, 관선 시절 도지사 비서실에서 6년여 일할 때는 명절 때를 빼곤 쉬는 날이 거의 없었다. 아들이 국민학교 때 부산, 중학교 때 동해안으로 함께 여행한 것 빼고는 같이 먼 곳으로 떠나 본 적이 없다. 틈틈이 외식한다든지 공놀이를 하는 정도로 놀아주기는 했지만, 그 정도로는 아버지로서 부족했다는 생각이다.

그래도 아들은 별 탈 없이 잘 자라 주었다. 글짓기를 잘해 국민학교 시절 수원에서 1등을 한 일이 있고, 공부도 제법 잘했다. 수원에서 중·고교를 마치고 대학에서는 국문학을 전공했다. 내가 가고 싶어 했던 국문과를 아들이 대신 다닌 셈이다. 나는 아들에게 평생 한 번도 매를 든 일이 없다. 공부하라는 말도 전혀 한 적이 없다. 아들도 입대하는 날, '살아오는 동안 아버지는 한 번도 손찌검을 안 하셨지요. 그게 나름 아버지의 교육방법이라는 걸 나중에 깨달았어요.'라는 편지를 남겼다. 다만, 하나밖에 없는 아들의 입대 후 아내는 일상이 지옥(?)인 듯했다. 시간이 지날수록 우울해하는 것 같은 아내가 보기 안쓰러워 보육교사 교육원에 가도록 권유했다. 자격증을 따느냐 못 따느냐보다는 친구를 사귈 수 있겠다는 생각이 들어서였다.

아들이 입대하고 나니 자식을 향한 그리움, 소중함이 한꺼번에 밀려 왔다. 여자 친구가 없는 녀석을 위해 위문편지를 특별히 많이 보냈다. 아마 그 편지만 모아도 책 한 권 충분히 엮을 수 있을 것이다. 한 달에 한 번꼴로 면회하기도 했다. '부모님과의 대화' 시간에는 강사로 나서서 특강을 하고, 강사료(?)로 아들의 5일 휴가증을 받아 함께 집에 온 일도 있었다. 부자가 나란히 들어서는 것을 보고 너무도 좋아하던 아내의 모습이 지금도 생생하기만 하다. 아들은 우리 집의 단골 외식 메뉴가 돼지갈비일 만큼 엄청 좋아했는데, 그때 어지간히 많이 먹는 아들을 보니 오히려 안쓰럽다는 생각이 들었다.

아들은 만기 제대 후 대학 공부를 마저 하고, 졸업 후에는 아무개 중앙언론사 입사 시험을 봤으나 최종 면접에서 탈락하고 말았다. 면접관의 영어로 묻는 내용이 뭔지는 알겠는데, 회화 능력이 부족해 제대로 대답하지 못했던 모양이다. 이를 절감한 아들의 어학연수 요청에 나는 유학 절차를 알아보았다. 미국보다는 상대적으로 비용이 적게 드는 호주의 브리즈번Brisbane을 권했고, 아들은 1년 만에 돌아와 자신감이 생겼는지 대전에 있는 한국과학기술대학원 대학교 교직원 시험 응시, 당당히 합격했다. 지금도 여기서 일하고 있다.

변변한 여자 친구가 없던 녀석에게 아들의 고교 시절 담임선생님이 주선해 중국어 선생님을 소개해 주었다. 아들도 마음에 들었는지 반년쯤 만나더니 여자 친구와 함께 집으로 인사시켰다. 별로 말이 없는 아들과 달리 첫인상이 다소곳하면서도 명랑하다는 느낌이었다. 가정교육을 참 잘 받았구나 하는 생각이 들었다. 직장이 떨어져 있다는 게 조금 부담이었지만, 늘 컴퓨터와 씨름하던 아들의 조용한 방에서 웃음소리가 들리기 시작한 것이 참 신기하고, 아내도 모처럼 집안에 활기가 돈다며 좋아했다.

양 집안이 두 번째 상견례를 하던 2010년 겨울, 두 사람을 이듬해 5월 결혼시키자고 합의했다. 결혼을 준비하는 과정에서 싸움이 일어나곤 한다는데 우리 부부는 한 번도 다툰 적은 없다. 가진 게 없어서 준비할 게 많지 않은 데다가 아들이 결혼하는 것 자체보다 더 큰 축복은 없다고 서로 생각했기 때문이다.

결혼식을 마치고 아프리카 모리셔스로 신혼여행을 하고 온 아들과 며느리는 알콩달콩 잘살고 있다. 딸 같은 며느리가 생겼다는 사실은 참으로 좋은 일, 손자와 손녀가 1명씩 태어나고 나는 할아버지가 되었지만, 손주들의 재롱에 세상 피곤한 줄 모르고 지낸다. 새로운 가족과 오래도록 화목하게 살았으면 좋겠다.

신춘문예 당선에 부모님은 외려 속이 상해

글을 쓰는 일은 아름다운 일이다. 그러나 세상에 글을 내보이는 건 더없이 부끄러운 일이다. 명색이 문인이라고는 하지만 제대로 글 쓰는 법을 배우지는 못한 게 사실이다. 그 때문에 글을 선보이는 게 두렵기만 하다.

남한산성과 남한강이 있는 너른 고을廣州에서 태어나고 자란 것은 행운이다. 여여如如하게 흐르는 남한강, 조잘거리며 흐르는 시내川, 수많은 산자락이 한데 어우러져 그림 같은 풍경을 이루는 곳. 이곳 사람들은 비록 넉넉하지 살림살이가 넉넉지 않아도 아옹다옹 다투지 않고 순박하게 산다. 산과 들을 벗 삼아 살면서 내가 산이 되고 물이 되고 바람이 되고 구름이 되는 이곳에서의 삶은 더없이 소중한 자양분이었다.

다만, 내사 살던 곳은 고등학교 들어갈 무렵에야 전기가 들어왔다. 그러니 마땅히 즐길 게 많지 않았다. 농사일을 도우면서 틈틈이 책을 읽거나 노래를 흥얼거리거나 천렵을 하는 게 고작이었다. 반딧불이가 수없이 떼 지어 날아드는 원두막에서 은하수를 바라보다 잠이 들기도 했다. 돌이켜보니 그러한 삶이 곧 한 편의 시였고 수필이었다. 일기장에도 생활보다는 경이로운 자연에 관한 이야기가 거의 전부였다. 글을 어떻게 쓰는 게 잘 쓰는지도 모르면서 생각나는 대로 꾸밈없이 써 내려가곤 했다. 중학교 시절에는 어쩌다 교내 백일장에서 입상하기도 했다. 덜컥 겁이 났지만 글 쓰는 일을 멈추지는 않았다.

여전히 글을 잘 써야 하겠구나 하는 부담감은 떨칠 수 없다. 상을 탄 놈 글솜씨가 손가락질받아서는 안 된다는 생각이었다. 고교 입학 후 좋은 국어 선생님을 만난 것은 참으로 다행이었다. 그분은 경희대 전국 고교생 백일장에서 장원해 국문과에 특례 입학했던 문인이셨다. 특별히 별도 수업을 받은 건 아니지만 가끔 글에 대한 그분의 얘기를 들으며 군더더기 없는 글을 쓰는 기본을 배울 수 있었던 건 행운이다. 글의 근량이나 가치는 생각조차 하지 못했지만, 그저 쓴다는 게 즐거웠다. 그러다가 연세대 고교생 문예 작품 현상 공모에 당선이 되었고, 훗날 경인일보 신춘문예에 당선되는 영광도 안았다.

1988년 시상식을 마치고 부모님께 찾아갔다. 모처럼 인사도 올리고 자랑도 하고 싶어서였다. 새해 첫날 신문에 나의 당선작이 실려서인지 부모님도 이미 알고 계셨다. 준비해 간 고기와 함께 상금 봉투를 전해 드렸다. 그런데 아버지의 안색이 영 좋아 보이지 않았다. 아버지는 갑자기 자리를 박차고 나가버리셨다. 어디선가 술 한잔 걸치고 돌아오시더니 내 손을 잡고 한 말씀 하시며 얼굴을 붉히셨다.

"승표야! 미안하다. 너는 꼭 대학엘 보내야 했는데……"

'아!' 하고 저절로 후회가 밀려왔다. 이내 나도 모르게 눈물이 왈칵 쏟아졌다. 어머니는 좋은 일에 무슨 눈물이냐며 벌떡 일어나 나가셨다.

신춘문예 당선이 부모님께는 마냥 좋아할 일이 아닌 듯했다. 지금도 그 일을 생각하면 울컥해지곤 한다.

혼자 가는 길을 절대로 쉽지 않다. 가다가 넘어지거나 몸이 아프면 아무도 돌봐줄 사람이 없다. 함께 길을 가야 넘어지면 일으켜 세워 부축해주고, 아프면 약도 구해줄 수 있다. 그런데 지천명을 넘겨 이순에 이르면 생각이 달라진다. 스스로 의문부호를 던지고 그 답을 스스로 찾으려 하므로 삶에 대한 집착이나 두려움이 어느 정도 사라진다. 내 경우에는 지천명을 넘기면서 삶에 대한 애착과 치열함이 생겨났다. 얼굴에는 주름살이 늘어나고 머리도 숱이 꽤 빠진 데다 그나마도 반백이지만, 삶의 의미와 가치를 생각하는 시간이 많아졌다.

흔히들 마음을 비운다고 한다. 내려놓고 살아야 한다는 말도 한다. 하지만 마음을 비우고 내려놓고 산다는 게 말처럼 쉬운 일이 아니다. 본래무일물本來無一物이라는 말이 있다. 본디 한 물건도 없으니 아무것도 없다는 말이다. 글을 쓰는 일도 그러하다. 생각은 많은데 그 무형의 사유思惟를 글이라는 실체로 옮긴다는 건 거의 불가능하다. 고백하건대 글 쓰는 법을 제대로 배우지 못한 내게 남아있는 영원한 숙제이기도 하다. 그래도 글을 쓴다는 건 행복한 일이다.

글 쓰는 법을 제대로 배우지 못한 것은 분명 아쉬운 일이다. 그러나 한편으론 글 쓰는 법을 배우고 그 틀이 각인되어 있다면 감성적이거나 자유로움이 덜할 것이다. 틀에 얽매이면 독창적인 향기를 내지 못할 수 있고, 문장 자체가 제대로 숨을 쉬지 못해 서로 따로 나뒹굴지도 모른다. 새삼스럽게 다시 글 쓰는 법을 배울 생각을 하기보다 서툴면 서툰 대로, 모자라면 모자란 대로 쓰되 나름대로 절제하면서 조심스럽게 글을 쓰려고 한다. 어깨너머 살얼음이 깔리는 시간과 공간을 마다치 않고 본디 그대로의 생각을 있는 그대로 옮겨 보겠다는 말이다. 부끄러움을 무릅쓰고 글을 쓰는 이유이기도 하다.

맹꽁이, 맹꽁이 서당, 맹꽁이 타령

파주에서 부시장으로 일하던 시절이 있었다. 가끔 저녁에 일찍 들어가면 아내와 함께 공릉천 변으로 산책을 나서곤 했다. 어느 날, 금방이라도 한바탕 소나기가 쏟아질 듯 검은 구름이 낮게 드리운 저녁, 공릉천을 걸었다. 아내와 함께 소화도 시키고 운동도 할 겸 나선 것이다. 유난히 맹꽁이 소리가 요란했다. 공릉천을 한 바퀴 돌고 시민농장을 지날 때였다. 초등학생으로 보이는 아이 세 명이 맨발로 도랑으로 들어갔다. 오리를 잡는다는 것이다. 아마도 맹꽁이 소리가 오리 우는 소리로 들렸던 모양이다.

"얘들아! 그건 오리가 아니고 맹꽁이야. 괜한 고생 하지 말고 나와라."
"아저씨는 무슨 맹꽁이라 그러세요. 오리가 맞아요."

아이들이 한심하다는 듯 나에게 말했다. 아이들은 오리라는 확신을 가진 듯했다. 아니 맹꽁이 자체를 모를 거라는 생각도 들었다. "여보! 왜 그래요. 애들과 똑같이"라는 아내의 면박을 듣고 돌아서며 속으로 중얼거렸다. '그래, 그냥 지나치면 될 걸, 왜 맹꽁이같이 아이들 일을 참견해 망신이니 이 바보야!'

모처럼 맹꽁이 소리를 들으니 반가운 마음이 든 것도 사실이다. 그래서 나도 모르게 애들과 말다툼을 벌이는 맹꽁이 같은 짓을 했는지도 모른다. 맹꽁이는 느리고 굼떠서 행동이 느리거나 눈치 없는 사람을 놀리거나 핀잔을 줄 때 인용되기도 한다. 사실, 맹꽁이를 보면 움직이는 것도 느리고 뒤뚱뒤뚱하는 모양이 답답하기 그지없다. 생긴 것도 조금 못생기고 징그러워 가까이하기는 부담스럽기도 하다.

내가 어릴 때만 해도 맹꽁이가 많았다. 맹꽁이들이 목 터지라 외쳐대면 틀림없이 비가 왔다. 방송국 일기예보보다 더 정확했다. 비가 오는 날, 맹꽁이들이 떼를 지어 울어대면 가뜩이나 우중충한 마음이 더욱 심란해지곤 했다. 요즘엔 맹꽁이들의 서식처가 많이 사라지고 농약으로 맹꽁이를 만나보기가 어려워졌다. 맹꽁이가 멸종위기 2급으로 지정된 것이 이를 잘 말해준다.

그런데 최근 고향 마을에 5,000마리가 넘는 맹꽁이 서식처가 발견되었다고 한다. 팔당대교와 미사리 조정경기장 사이 한강 변으로 생태환경이 좋은 곳이다. 환경단체에서 3년간 모니터링을 해서 얻은 결과라니 확실할 것이라는 믿음을 갖게 된다. 이곳에서 맹꽁이들이 한꺼번에 울어대면 백만 관중이 함성을 지르는 것 같다고 한다. 우리나라 최대의 맹꽁이 서식처인 것이 분명해 보인다.

그렇다면 이제는 환경부 보호종으로 지정된 맹꽁이 집단 서식처가 훼손되지 않도록 해야 한다. 그것도 일시적인 보호책이 아니라 영구적이고 실제적인 대책이 마련되어야 할 것이다. 집단 서식처를 버려두어 맹꽁이가 몽땅 사라지게 하는 맹꽁이 같은 일이 벌어지지 않기를 소망해 본다.

맹꽁이만 귀한 것이 아니다. 사람들도 영악해져서 맹꽁이같이 어수룩한 사람은 찾아보기 힘들게 되었다. 사실, 약아빠진 사람들이 판치는 세상에 살다 보니 나 자신도 가끔 맹꽁이 같은 일을 저지를 때가 있다. 그럴 때면 자책하고 회한에 빠져들기도 한다. 그런데 나이를 먹다 보니 이제는 맹꽁이 같은 일도 주변에 웃음을 줄 수 있겠다는 바보 같은 생각을 할 때가 있다. 그때마다 어릴 적 즐겨보던 《맹꽁이 서당》이라는 만화가 떠오른다. 조선 시대가 배경인데, 학동들에게 글을 가르치는 과정에서 벌어지는 일들을 해학적으로 그려낸 만화이다. 맹꽁이 서당에는 사고뭉치도 있지만, 잔꾀가 많은 학동도 등장한다. 그들이 벌이는 장난질은 대개 황당하지만, 제법 그럴듯한 기지와 풍자와 유머가 번뜩인다. 간결한 그림에 때론 배꼽이 빠질 만큼 재미와 해학을 담아 놓은, 그런 책이다. 학동들은 서당 안팎에서 온갖 말썽을 피우는데 토끼나 노루 사냥은 물론, 절에 몰려가 구걸을 하는 객기를 부리기도 한다. 때론 호랑이가 등장하는데 학동들에게 멱살도 잡히고 꼬리가 잘리는 등 친근하지만 다소 맹한 캐릭터로 그려진다.

이 만화의 특징은 딱딱한 역사적 사실을 재미있게 그려내고 흥미를 더해 준다는 데 있지만, 핵심은 맹꽁이 서당에는 맹꽁이 같은 일뿐만 아니라 세상에 대한 풍자와 해학, 그리고 역사의식과 철학이 담겨 있다는 사실이다. 맹꽁이 서당 학동들이 사랑스러운 것은 나름의 삶을 통해 세상일을 해학으로 풀어 웃음을 안겨주는 데 있다. 나의 맹꽁이 같은 행동도 그러할 것이라고 믿으며 살아가는 오늘이 그저 행복하기만 하다.

완장은 권력이 아니라 봉사의 표식

국회의원 상징인 금배지를 떼자는 어느 국회의원의 주장이 세간의 화제가 되고 있다. 국회의원 배지는 책임과 봉사의 상징이 아니라 특권이나 장관급에 해당하는 각종 예우의 표시처럼 여겨지고 있다는 것이다. '국회의원증'이 있으므로 신분 증명이나 국회 출입에 문제가 없다고 한다. 특권의 상징인 금배지를 폐지하고 국회의원의 책임 의식을 강화하는 논의가 이뤄져야 한다는 논리인데, 금배지를 떼는 게 문제가 아니라 특권의식을 내려놓고 국민을 위해 봉사하겠다는 마음가짐이 중요한 일이다.

윤흥길의 소설 <완장>의 주인공은 불량한 동네 건달이다. 저수지 관리를 맡은 완장을 차게 된 그는, 힘과 권력을 휘두르면서 넘어서는 안 될 선까지 넘고 만다. 무소불위의 전횡을 휘두르고 자신을 고용한 사장 일행에게까지 완장을 내세워 '갑질'을 일삼다가 결국 쫓겨나고 만다. 사실, 살아가다 보면 완장을 많이 만나게 된다. 선출직 '장'은 공정성과 객관성, 공공성이 담보되는 조건에서 정당한 갑질이 어느 정도 허용되는 측면이 있지만, 공익을 위장해 자신의 감정이나 숙제를 풀기 위한 수단으로 완장을 이용하는 사람도 적지 않다.

해마다 '시민의 날'에는 지역을 위해 봉사하고, 그 지역을 빛낸 사람을 문화상 수상자로 선정해 시상하는데, 내가 용인시 부시장으로 자리를 옮긴 지 두 달쯤 되었을 때이다. 문화상 심사위원회를 주관하게 됐다. 나는 후보자가 어떤 인물인지 알 수 없어서 회의 운영만 하고 평가는 하지 않았다. 그게 객관적이고 공정하다는 판단을 했기 때문이다. 그런데 어처구니없는 일이 벌어졌다. 문화상 심사가 공정치 않다고 항의가 들어왔다.

후보에서 탈락한 사람이 밤중에 시장에게 전화해 자신이 수상자가 되지 않으면 가맹 경기단체장을 그만두겠다고 했다고 한다. 기가 막힐 노릇이었다. 나는 간부 회의를 통해 일갈했다. "그런 정도의 근량을 가진 분은 단체장 자격이 없다. 봉사가 생명인 단체장 자리를 무슨 벼슬로 아는 사람이 있다는 건 시민이 불행한 일"이라고 목소리를 높였다.

사회단체장은 봉사하는 분이 대부분이다. 체육 단체장은 더더욱 그러하다. 그런데 본인이 수상자로 선정되지 않아서 단체장을 그만두겠다니, 잘못돼도 크게 잘못된 일이다.

오사마 빈라덴 사살 작전 상황실 사진을 보고, 세계인이 입을 모아 미국의 힘이라는 말을 했다고 한다. 공군 준장이 중앙에 앉아 있고 오바마 대통령은 작은 의자에 쪼그리고 앉아 상황을 지켜보는 모습이었다. 힐러리 클린턴 등 다른 장관도 옆자리에 서 있었다. 우리나라에선 상상조차 할 수 없는 일이다. 대통령은 어느 자리에서든 중앙 상석에 앉는 게 고정관념으로 자리 잡고 있기 때문이다. 우리네 완장 찬 사람도 상석에 앉으려 하고, 어느 곳에서나 대접받기를 원한다. 외국에 나가서도 마찬가지여서 망신을 당하기도 한다.

지성인은 자리다툼을 하지 않는다. 최고의 자리에 올랐을수록 오히려 자신을 낮추고 상대방에게 양보하고 배려한다. 일정한 자리에 오르면 그 자리에 걸맞은 품위를 보여준다. 그런데 우리나라에서는 그렇지 못한 예를 종종 본다. "사람이 완장 차더니 완전히 달라졌어."라는 말을 어렵지 않게 들을 수 있는데, 평소엔 안 그러던 사람이 일정한 지위에 오르더니 달라졌다는 말이다. 예우를 해주니 자기도 모르게 변하고, 그러다 보니 그만둘 마음이 없어지고……. 그게 완장의 속성이기도 하다. 축사를 시키지 않는다거나 좌석 배열이 잘못됐다고 고함을 치며 행사장을 떠나는 풍경, 아마 우리나라에서만 볼 수 있을 것이다. 통장이나 이장, 주민자치위원장, 동호회 회장직까지도 완장으로 생각하는 사람이 많은 나라가 대한민국인 듯싶어 서글프다. 한 번 맛본 완장의 꿀맛이 그토록 이성을 잃게 하고 마약처럼 중독에 빠지게 하는 것인지, 현직을 떠났는데도 여전히 완장을 찬 것처럼 착각하는 분도 적지 않다.

완장을 찼을 때 갑질하면 완장을 벗는 순간부터 사람대접 못 받는다. 완장은 사회 공익과 질서 유지를 위해 희생하고 봉사하는 사람에게 주는 상징이다. 무소불위의 권력을 가졌다는 착각과 탐욕을 가져서는 안 된다. 완장에는 완장을 달아준 많은 사람을 살피고 도와줘야 할 책임이 담겨 있다는 것, 완장을 봉사 정신으로 착용할 때 세상이 나아진다는 것, 완장을 벗으면 평범한 시민일 뿐이라는 것을 가슴에 담고 살면 좋겠다.

비고시 출신의 한탄, 역지사지 아쉽다

'홍 형! 아무래도 그만두어야 할까 봐.'

경기도청에서 인사담당 과장으로 일하던 어느 날 퇴근 무렵 모처럼 찾아온 선배가 뜬금없이 한마디를 던지곤 긴 한숨을 몰아쉬었다.

"무슨 일 있어요?"
"일은 무슨 일! 내가 무능해서 그런 거지 뭐……."

사연은 이렇다. 새로 온 국장과 일하게 되었는데, 도무지 궁합이 맞지 않더라는 것이다. 일하다 보면 생각이 다를 수도 있지만, 사사건건 시비를 거는 바람에 사표를 내던지고 싶은 마음이 간절했다고 한다. 하지만 목구멍이 포도청이고 자식들 때문에 돈 들어갈 일이 태산 같으니 죽은 듯 지내 왔다는 것이다.

그런데 어느 날 많은 동료와 후배가 보는 자리에서 거의 반 말투로 "능력 없으면 때려치우라"라고 소리쳐 큰 충격을 받았다고 한다. '열 살이나 어린 상사에게 이런 모욕을 당하면서 살아야 하나' 하는 생각에 울컥했다는 것인데, 공무원 생활 30년에 그런 치욕은 처음이었다고 말했다. 듣는 순간 마음이 짠했다.

책상을 정리하고 함께 포장마차로 향했다. 술잔을 기울이는 그의 손이 떨리고 눈가에 이슬이 맺혔다. 나 역시 아무 할 말이 없어 술잔만 기울일 수밖에 없었다. 지천명을 훨씬 넘긴 그의 설움이 녹아든 술잔을 받거니 주거니 하면서 오래 함께 있었다.

속칭 '다다카이'로 불리는 공무원이 있다. 일본어 たたかい는 맨손으로 싸운다는 말이지만, 말단 공직인 서기나 순경 같은 비고시를 뜻하는 말로 쓰인다. 비고시는 대부분 20년이 넘어야 사무관급으로 승진할 수 있다. 이와 비교해 고시나 경찰대 출신은 약관의 나이에 이미 20년 이상 일한 비고시 출신과 비슷한 직급의 간부공무원이 된다. 실력이 있으니 간부로 출발한 것이지만, 아무리 그렇더라도 처음에는 업무에 문외한일 수밖에 없다. 당연히 비고시 직원의 도움을 받아 일하게 된다. 그러므로 대부분 처음부터 목에 힘을 주지는 않는다. 반감만 살 게 뻔하다는 건 그들도 잘 알기 때문이다. 그런데 6개월쯤 지나 어느 정도 업무에 익숙해지면 20년이 넘은 비고시 출신 사무관보다 훨씬 대단한 것처럼 생각하는 경향이 있다.

고시 출신은 처음부터 간부로 출발했으므로 말단 직원의 고충을 알기 어렵다. 아니 알려고 하지도 않는 사람도 많다. 자신은 엘리트이고 비고시보다 우월하다는 의식이 자리하고 있어서일 것이다. 물론, 실력이 탁월하니까 간부로 출발했다는 것은 비고시 출신도 인정해야 한다. 다만, 실력 못지않게 됨됨이를 갖추지 못한 고시도 있다는 게 문제이다. 최종 자격 심사에서 인성과 관련한 사항도 짚는 제도가 있었으면 좋겠다.

　더러 시험 실력만큼 행정력이 못 미치는 사람도 있고, 그러면서도 점수 딸만 한 일은 앞장서서 하면서 궂은일은 다른 사람에게 미루고 뒷전에서 관망만 하는 예도 있다. 그런데도 이들은 고시 출신이므로 승승장구한다. 적당히 일하다 2년쯤 외국에 유학하고 와도 비고시보다 앞서 승진한다. 심지어 유학을 다녀온 지 몇 개월 안 됐는데 그 유학이 평가점수에 가산돼 승진하기도 한다. 비고시였다면 어림없는 일이다. 심사하는 간부 공무원 자체가 대부분이 고시 출신이니 그렇겠지만, 그들이 유학하는 동안 땀 흘려 일한 동료 비고시 공무원은 좌절할 수밖에 없다. 승진에 대한 희망이 없으면 일에 대한 의욕도 사라진다. 이러한 일은 결국 다른 사람의 사기에 영향을 미치고, 행정능률도 떨어트리는 원인이 된다.

　고시 출신은 자신만 공직사회의 성골이라고 생각하는 듯하다. 물론, 공부를 잘해 처음부터 간부로 출발하게 된 것을 시기하거나 깎아내려서는 안 된다. 그들이 자부심을 지니는 것은 당연하고, 마땅히 존중해야 한다. 하지만 일을 잘하지 못하는 고시 출신도 있고, 더욱이 일만 잘한다고 될 일도 아니다. 일도 일이지만, 사람 됨됨이가 우선이다. 즐겁게 일할 수 있도록 조직 분위기를 형성하는 것도 중요하다. 특히, 과거와 달리 요즘에는 비고시 출신도 대부분 대졸 이상 학력이다. 특별히 실력이 모자라는 것이 아니라는 말이다. 그러므로 비고시 출신이 앞에선 웃고 있지만, 가슴속은 얼마나 울컥울컥하는지 고시 출신은 헤아릴 줄 알아야 한다. 얼마나 어렵게 일하며 살아가고 있는지를 살피지 못하면 아랫사람들로부터 대접받지 못하는 게 당연하다. 한 번도 말단을 경험해보지 못했으니 모르는 게 당연한 일인지도 모르지만, 조직을 잘 끌어가기 위해서는 반드시 일선에서 어떤 어려움이 있는지 점검하는 것이 윗사람의 도리이기도 하다. 휴일도 없이 밤늦도록 일해야 하는 직원들, 박봉 속에서도 나랏일을 한다는 자긍심을 먹고 사는 사람들, 비고시 출신 공직자를 진정성 있게 대해주지 못하면 훌륭한 공직자가 아니다. 물론, 나이가 적다는 이유로 고시 출신 간부를 제대로 예우하지 않는 비고시 출신 공무원이 있어서도 안 된다.

다행히 내가 만난 고시 출신 간부는 대부분 정말로 실력 있고 인간적인 분들이었다. 항상 겸손하고 진정성 있게 함께 일하는 분위기를 조성하는 데에 앞장섰다. 그런 분을 모시다 보면 존경하는 마음이 저절로 생기고 힘이 불끈 솟아난다. 사람 위에 사람 없고 사람 아래 사람 없다는 말이 있듯 고시 출신의 영역이 있으면 비고시 출신 영역도 있다. 고시에 인격이 있다면 비고시에도 인격도 있는 법, 그 영역이나 인격의 가치는 다르지 않다고 생각한다.

비고시 출신으로 지사, 부지사까지 오른 분도 있다. 그분들은 지금도 비고시의 표상이자 희망이다. 그러나 고시제도가 없어지지 않는 한 갈수록 비고시 출신은 서기관 승진도 못 해보고 공직을 마감하게 될 것이다. 젊은 고시 출신이 실, 국, 과장이나 부단체장을 대부분 차지하기 때문에 비고시 출신은 이 자리에 들어갈 문이 좁아지는 탓이다.

역지사지라는 말을 곱씹어보아야 한다. 과연 비고시 출신이 없다면 고시 출신끼리 일을 잘할 수 있을까. 말단 일을 해보지 않고 실무를 맡기는 어렵다. 갑자기 궂은일을 하는 것도 감당하기 어려울 것이다. 많은 비고시 출신들의 뒷바라지가 있었기에 이를 디딤돌로 삼아 고시 출신도 도약할 수 있다. 심심치 않게 제기 되는 고시제도 철폐 주장도 이런 것에서 비롯된 것이다. 사법시험도 없어졌는데 행정고시가 꼭 필요한지 다시 생각해 볼 일이다.

　세상은 머리 좋은 사람만 사는 공간이 아니다. 잘난 사람만 사는 세상도 없다. 이제 비고시 출신이 도청 국장이나 부단체장으로 일하는 건 점점 전설이 되어가는 듯한데, 수많은 다다카이가 오늘도 묵묵히 맡은 일에 열정을 쏟고 있다는 것을 잊어서는 안 된다. 제대로 사람대접 못 받을 때면 퇴근길 포장마차에 들러 술 한잔으로 마음을 삭이는 비고시 출신 공무원들, 달빛을 안주 삼아 아린 가슴을 달래는 비고시 출신 공직자에게 나는 박수를 보낸다. 이들이야말로 공무원의 얼굴이기 때문이다.

첫 주례 경험과 자기반성

살다 보면 어쩔 수 없이 상황에 휩쓸릴 때가 있다. 물론, 본인 의사가 전제되는 것이지만, 굴레를 벗기 어려울 때가 있다. 과천 부시장으로 일할 때 주례를 맡았던 내 처지가 바로 그랬다. 첫 주례였다.

함께 일했던 후배 직원이 결혼하게 됐는데, 이 후배는 부모가 일찍 돌아가시고 안 계셨다. 다른 곳에서 일하다가 내가 일하는 도청으로 발령을 받아 오게 돼 만났는데, 고교 시절 축구선수로 활약했던 그는 키가 크고 몸매가 날렵한 젊은이였다. 한눈에 봐도 아주 탄력이 넘쳐 보였다. 그러면서도 운동선수 특유의 수줍음과 늘 웃는 것 같은 인상이 매력이 있었다. 또, 모든 일에 적극적이어서 동료나 선후배로부터도 요즈음 보기 드문 건실한 사람이라는 평가와 칭찬이 잇달았다.

그런데 그에게 결혼식을 앞두고 한 가지 고민이 생겼다고 한다. 주례를 부탁드릴 분이 마땅치 않다고 한다. 결국, 다른 친구를 통해 나에게까지 부탁이 왔다. 처음에는 정말 망설였다. 나이도 아직 주례를 설 만큼은 아니라는 생각이었고, 내가 과연 새롭게 출발하는 한 쌍의 신혼부부에게 모범이 되게 살아왔는지 스스로 자문하느라 고민했다. 하지만 여러 생각 끝에 주례를 맡기로 했다. 무엇보다 신랑의 사람 됨됨이를 잘 알고 있던 터라 좋은 일이 될 거라는 생각이었다.

무슨 일이든 처음엔 긴장도 되고 부담도 되는 법이다. 나 역시 예외가 아니어서 예식 내내 긴장의 끈을 놓을 수 없었다. 신랑·신부에게 '인생은 정답이 없고 완벽한 사람도 없다.' 둘이 건강하게 서로의 기를 살려주면서 온갖 정성으로 사랑하며 살아가라는 말을 들려주었다. 인생의 선배이기도 했지만, 함께 일했던 동료에게 해주고 싶은 말이기도 했다. 신랑·신부와 사진을 찍고 나서야 비로소 주례 소임은 끝이 났다.

첫 번째 주례 경험은 나에게도 일대 사건이었다. 과연 주례를 서 줄 만큼 잘 살아왔는지 자신을 돌아볼 수 있었다. 새롭게 사랑의 보금자리를 꾸미는 이들에게 과연 내 모습이 어떻게 비쳤을까 하는 의문부호도 찍었다. 또, 앞으로 이들에게 앞으로 어떠한 도움을 줄 수 있겠느냐 하는 것도 간단한 문제는 아니라는 생각이었다.

무엇보다 중요한 것은, 신랑·신부가 주례사를 듣고 정말로 잘 살아야 하겠다는 새로운 각오와 다짐을 얼마나 하게 될까 하는 것이었다. 그 어느 하나도 충족할 만은 것은 없지만, 이들이 정말로 축복받는 행복한 가정을 이루기를 진심으로 축원했다는 사실은 마음의 위안으로 삼았다.

주례, 그거 함부로 응할 게 아니라는 생각, 적어도 많은 사람에게 존경받을 수 있는 경륜과 덕망을 갖춘 연후에 해야 할 일이라는 사실을 깨달았다는 것이 신출내기 주례의 솔직한 고백이다. 그래도 한편으론 잘한 일이라고 생각한다. 후배로서도 예식장 전문 주례보다는 의미가 있었을 것이라고 믿고 싶다.

또 주례 부탁이 올 리는 없을 것이고, 행여 들어온다 해도 당분간 주례는 정중히 사양할 생각이다. 주례를 맡기엔 나 스스로가 너무도 부족한 점이 많은 사람이라는 것을 절감했기 때문이다. 하지만 소득도 있었다. 무엇보다 이번 첫 주례를 계기로 도덕적으로나 사회적·윤리적으로나 정말 더 잘살아야겠다는 새로운 각오와 다짐을 하게 되었다는 것, 이것이야말로 내가 얻은 값진 수확이다.

구제역과 도덕적 해이Moral Hazard

파주 부시장으로 일할 때 가장 힘들고 버거웠던 게 구제역 예방이었다. 구제역이 마무리될 무렵 지역사회를 발칵 뒤집어 놓은 언론 보도가 있었다. '파주에 있는 메기 양식장에서 2년생 메기 3만 5000여 마리가 떼죽음을 당했는데, 구제역 매몰지 침출수 피해로 의심된다.'라는 것이었다. 즉각 현장으로 달려갔다. 메기 양식장은 구제역 매몰지로부터 30m 정도 떨어져 있었다. 그런데 양식장 사이에는 5m 넓이의 무덕천이 있다. 메기 양식장은 매몰지에서 40m 떨어진 상류의 물을 끌어다 쓰고 있었다. 설혹 침출수가 생겼더라도 양식장 유입 가능성은 전혀 없었다. 무덕천 위쪽은 메기 양식장보다 1m 넘게 낮아 하천을 가로질러 역류한다는 것은 불가능한 일이었다.

현장을 찾은 다른 언론사 기자도 현장을 살펴보곤 구제역 침출수 피해는 말이 안 된다며 그냥 돌아갔다. 그런데도 그 지방지 기자는 두 차례나 구제역 침출수에 따른 피해라는 취지로 보도했다. 하지만 조사 결과, 담수 부족과 월동 관리 부실에 따른 산소 공급이 폐사 원인으로 밝혀졌고, 양식장 주인은 서둘러 폐사한 메기를 수거해 처분했다. 왜곡 보도를 한 기자도 공식으로 사과했지만 이미 많은 공무원과 자원봉사

자가 마음의 상처를 입은 후였다.

광탄면에서는 매몰할 터가 없어 채석장 주인의 배려로 소 7마리를 매몰했는데 다른 사람 소유의 땅 15㎡ 정도가 들어간 일이 생겼다. 그런데 이 땅 주인이 대단한 사람이다. 본인 동의 없이 무단 매몰했으니 매몰 용지와 연결된 자신의 땅 5,478㎡를 모두 시에서 매수하라고 요구했다. 쉽게 이해할 수 없는 주장이었다. 불응했던 건 당연하다. 그러자 토지오염 보상으로 3억 원의 보상금을 요구하는 소송을 제기하기도 했다. 15㎡에 3억 보상 요구라니, 기가 막힐 일이었다.

사유림을 국유림으로 알고 가축을 매몰한 곳도 있다. 산 주인은 살처분 매몰 농장 주인에게 보상금의 절반을 요구했다. 소 58두를 매몰했고 보상금이 2억 원이 넘으니 1억 원 이상을 달라는 것이었다. 한밤중에 이뤄진 일이고, 착오로 개인 소유 산자락을 훼손한 것은 잘못이지만 무리한 요구를 하는 것 또한 정당하지 않은 일이었다. 자식 같은 소를 묻고 망연자실해 엎어져 있는 농부를 다시 짓밟는 셈이었다. 결국, 산림청과 협의해 인근 국유림으로 옮기는 것으로 일단락 지었다.

이런 농장주도 있었다. 살처분할 때는 가축 농장주와 방역관이 합동으로 가축 수를 점검한다. 이런 과정을 거쳐 당시 250두를 살처분 매몰했다. 그런데 뜬금없이 270두를 살처분했고 20두에 해당하는 보상금을 못 받게 되었다고 언론에 흘린 것이다. 한바탕 난리가 났다. 결국, 합동조사 때 개체별로 일일이 표시해 확인했고 이상 없는 것으로 결론이 났다. 도덕적으로 문제가 있었던 사건이다.

구제역은, 축산인은 물론 온 국민에게 큰 고통을 안겨준 안타까운 일이다. 그렇지만 군 장병과 경찰, 소방공무원을 비롯해 수많은 사람이 자원봉사자로 나서서 밤을 새워가며 방역초소를 지키고 살처분 매몰작업에 앞장선 것을 잊어서는 안 된다. 그런데 구제역으로 나라 전체가 몸살을 앓는 혼란 속에서도 자신의 이익을 위해 무리한 주장과 여론몰이를 하는 사람이 있다. 참으로 안타까운 일이다. 법과 제도의 허점을 악용하고 구제역을 빌미로 자신의 이익을 추구하려는 행태는 있을 수도 없고 있어서도 안 된다.

많은 사람이 쉽게 말한다. 구제역을 초기에 잘못 대응해서 피해가 커진 것이라고 말이다. 그렇지만 그건 아니다. 현장을 모르는 사람의 탁상공론이다. 특히 돼지의 경우, 감염 속도가 빨라 인력으로는 방역에 한계가 있다. 구제역 현장에 얼굴 한 번 내밀지 않고 말로만 어쩌고저쩌고 말하는 건 구제역을 막기 위해 온몸을 불사른 사람에 대한 예의가 아니다. 또 하나 구제역 사태를 단순히 고발이나 흥미 위주로 보도하거나 호도했던 기자의 못돼먹은 고집도 두고두고 잊히지 않는다.

이웃이 어려우면 도와주고 싶은 것이 사람의 마음이고, 사람 사는 도리이다. 구제역 살처분 매몰할 터를 구하지 못해 낙심하는 이웃을 위해 선뜻 자신의 토지를 빌려준 사람도 있다. 중장비를 빌려주거나 성금과 위문품을 기증한 사람도 많이 있다.

그렇다. 세상은 이런 분들 때문에 살만한 것이 아닐까 한다. 이웃의 어려움을 도우려 할 때 자신의 사리사욕을 채우려 하는 것은 안 될 일이다. 어려울 때일수록 슬기와 지혜를 하나로 모아 나가는 사람이 넘쳐나기를 소망해 본다.

조촐한 어머니 칠순 잔칫상, 두고두고 죄송

세상을 살아가는 일이 자신의 의지와는 상관없이 다르게 돌아갈 때가 있다. 사람의 힘으로 거스를 수 없는 일, 이를 흔히 운명이라고 한다.

공직생활에 몰두하다 보니 시골에 계신 부모님을 찾아뵙는 일이 생각처럼 쉽지 않았다. 부모님은 공무원이 된 자식을 자랑스러워하셨지만, 나는 늘 자식으로 해야 할 도리를 다하지 못하는 것 같아 죄스러울 따름이었다. 그중에서도 어머니의 칠순 잔치를 잔치답게 해드리지 못한 일은 아직도 큰 아쉬움으로 남아 있다. 예순둘 정말 아까운 나이에 불의의 사고로 아버지가 돌아가신 뒤 혼자되신 어머니의 칠순 잔치는 자식으로서 당연한 도리이자 의무이기도 했다. 그런데 당시 고향 마을 면장으로 일하는 형이 극구 반대하고 나섰다. 총선을 2주일 정도 앞두고 칠순 잔치를 하는 것은 자칫 선거 유세장이 될 수도 있고, 정치적 오해를 불러일으킬 수 있다는 이유였다. 후보자 중 한 분이 형의 동네 1년 후배인 데다 사돈이라는 사실 자체가 부담이었다. 최악의 경제 상황 속에서 어려움을 겪는 사람에게 민폐를 끼칠 수 없다는 것이 형의 주장이기도 했다. 어머니는 "나는 남의 잔치 얻어먹고만 다니는 사람이냐."라며 섭섭해하셨지만, 형의 의견대로 우리는 면 소재지에서 20여 리 떨어진 음식점을 빌려 손자·손녀도 참석시키지 않은 채 정말 조용하게 잔칫 상을 차려드렸다. 3명의 공무원 자식을 둔 죄(?)로 어머니의 칠순 잔치 는 그렇게 조촐히 끝났다.

다음 해에는 형의 장인어른 칠순 잔치가 있었다. 이곳에서 본 어머 니의 표정은 참으로 가늠하기 어려웠지만, 지난해 칠순 잔치를 하지 못 한 아쉬움과 섭섭함이 엿보였다. 죄송스러운 마음과 함께 갑자기 돌아 가신 아버지 생각에 콧등이 시큰해졌다. 이런 와중에도 형의 손에 이끌 려 무대로 나가 아버지가 살아생전 즐겨 부르시던 '내 마음 별과 같이' 를 있는 힘을 다해 목 놓아 불렀다. 그러고는 어머니 손을 이끌고 서둘 러 자리에서 빠져나왔다. 어머니는 아무 말씀이 없으셨다. 하늘이 희뿌 옇게 보이기 시작했다. 평소에도 바쁘다는 핑계로 불효를 했지만, 공무 원이라는 이유로 어머니의 칠순 잔치를 못 해 드린 자책감에 몸 둘 바 를 몰랐다. 너무도 죄송스러웠다.

국민의 머슴인 공무원은 '망설이면서 겨울에 냇물을 건너듯이, 사방 의 이웃을 두려워하듯이' 낮은 몸짓으로 살아야 하는 삶이다. 다산 선 생은 세상에는 옳고 그름의 저울, 이로움과 해로움의 두 가지 큰 저울 이 있다고 했다. 공직생활 동안 나는 늘 한결같이 절제하면서 올곧은 삶을 지키려 발버둥 쳤다. 많은 사람이 생각하는 보편타당성이 있는 일 반적인 잣대와 살아가는 도리를 훼손하지 않고 공공의 이익을 위해 정 성을 기울여왔다고 자신한다. 객관적이고 공정하면 올바르고 현명한 판단이 나오고, 자기관리 잘하고 청렴하면 늘 당당하고 위엄이 생긴다 는 말을 가슴에 새기고 공직자의 길을 묵묵히 걸어왔다. 하지만 어머니 의 칠순 잔치를 못 해 드린 것은, 자식 된 도리를 못 한 일이라는 아쉬움 으로 두고두고 가슴속에 남는다.

외국서 듣게 된 어머니 세상 하직 소식

　어머니는 정말 고생을 많이 하신 분이다. 그런 어머니의 운명을 지켜보지 못한 것은 큰 불효였고, 가슴이 미어지는 일이었다. 비보를 접한 것은 프랑스의 어느 호텔 방에서였다. 경기도청 총무과장으로 일할 때 연수차 갔던 것인데, 소식을 들은 건 스위스에서 TGV를 타고 밤늦게 도착해 잠든 지 2시간 정도가 지난 새벽이었다. 머릿속이 갑자기 하얘지는 게 아무 생각도 나지 않았다. 이국땅이라 마땅히 무엇을 먼저 어떻게 해야 할지 그저 막막하고 답답하기만 했다.

　파리에서 비행기를 타고 귀국하는 동안은 평생에서 가장 지루했던 시간이었다. 온몸이 떨리고 사지가 뒤틀리고 기내식은 입에 대지도 못한 채 물만 들이켰다. 만감이 교차했다. 부모님은 우리 형제자매를 가르치느라 허리띠를 질끈 동여매고 버거운 삶을 지탱하셨다. 코흘리개였던 나는 학교에 다닐 수 있다는 사실만으로도 고마워 수업이 끝나면 책가방을 마루에 내던지고 부모님 일부터 도우며 하루해를 보내곤 했다. 부모님은 이런 나의 모습을 대견스럽게 바라보곤 했지만, 나는 반대로 비 오듯 땀을 흘리고 숨을 몰아쉬며 일하는 부모님의 모습을 보면서 도무지 꾀를 부릴 수 없었다.

그런데 살림살이가 조금 나아질 무렵, 아버지가 갑자기 하늘나라로 떠나시고 말았다. 아버지는 많지 않은 땅에 농사를 짓느라 고생만 하시다가 예순둘 아까운 나이에 불의의 사고로 돌아가신 불쌍한 분이다. 땅까지 팔아가며 6남매를 키우고 공부시킨 눈물겨운 삶, 그 결실을 거두지 못한 채 돌아가신 것이다. 사실, 우리 형제자매는 제법 공부를 잘했다. 하지만 다른 사람에게 자랑거리일 수 있는 이것이 우리 부모님에게는 걱정거리였다. 그 당시 사정이 그러하기도 했다. 우리보다 잘사는 집안도 몇몇 집을 빼고는 중학교나 고등학교 정도만 보내는 것을 당연시하던 시절이었다. 그러니까 공부 잘하는 자식을 둔 탓에 남보다 더 고생하셨던 것이다. 어느 날 한잔 걸치고 집에 들어오셔서 하신 아버지 말씀이 지금도 생생하다. "차라리 공부를 못하면 농사를 시킬 텐데, 잘하니까 못하게 할 수도 없고, 대학은 못 보내도 고등학교는 보내야지…" 그때 나는 순간 울컥했다. 부모님에겐 자식이 공부 잘하는 게 마냥 좋은 것이 아니구나 하는 것을 깨달았기 때문이다.

1960년대에는 더했지만, 1970년대에도 끼니를 걱정하는 사람이 많았다. 아버지는 이른 아침 동네를 한 바퀴 돌아보는 것으로 하루를 시작하셨다. 그러고는 어느 집 굴뚝에 연기가 나지 않는다면서 쌀을 봉지에 담아 나간 후 빈손으로 돌아오곤 하셨다. 우리 집도 그리 넉넉하지 못한 처지인지라 종종 끼니를 걱정할 때도 있었는데, 이웃부터 생각하니 어머니가 볼멘소리하시는 것은 당연했다. 제집 부뚜막을 먼저 걱정해야 할 궁색한 처지에 다른 집 걱정하는 게 가당한 일이냐며 역정을 내시기도 했다. 그럴 때면 아버지는 아무 말 없이 겸연쩍은 뒷모습으로 슬그머니 사라지곤 하셨다. 장마로 온 동네가 물에 잠겨 학교로 피난했을 때도 아버지는 헬기로 공수해 준 생필품을 받으려 하시기는커녕 오히려 이웃에게 쌀을 나눠주셨다.

어쨌거나 학교에 가는 형제자매가 늘어날수록 학비를 마련하는 일이 만만치 않은 일이었다. 차라리 공부를 못하는 게 효도라는 생각마저 들었다. 자식이 하나같이 다 공부를 잘하니 부모님으로서는 더욱 어려운 삶을 사실 수밖에 없었다. 술을 좋아하시는 아버지가 마음 놓고 술 한잔 넉넉하게 사드시지 못한 것도 이런 이유에서였다. 훗날 형과 나와 둘째 여동생 셋이 공무원으로 일하면서 형편이 나아져 남동생 둘을 대학에 보내기로 하고, 각각 인천과 수원에 있는 고등학교에 보냈다. 면서기였던 나는 어머니와 함께 쌀과 보리를 담은 자루를 메고 인천 주안역을 오가야 했다. 이곳에 방을 얻어주고 큰 여동생이 밥을 해주며 동생 뒷바라지를 하고 있었기 때문이다.

아버지는 삼거리에서 오가는 공무원을 붙잡고 술을 사주곤 하셨다. 시골에서는 드물게 자식 셋이 공무원으로 일하니 자랑스러웠을 것이다. 인사하는 공무원을 붙잡고 으레 술을 권하고 하셨는데, 군청 공무원치고 우리 아버지 술을 안 받은 사람이 없다고 할 정도였다. 그런데 그런 아버지가 예순둘 젊은 나이에 돌아가시고 말았다.

팔자가 피려고 하니 돌아가셨다고 많은 사람이 안타까워했고, 졸지에 홀로 되신 어머니는 망연자실 오랫동안 눈물로 세월을 보내셨다. 말년에는 당뇨에 치매증세마저 보이셨다. 병원에 입원할 때만 해도 돌아가시리라고는 상상조차 못 했는데, 3개월 만에 돌아가셨다. 황망함 속에 아버지 곁에 모시고 돌아서는 뒷전으로 어머니의 목소리가 뒷덜미를 붙잡고 놓아주질 않았다.

부모님의 유산은 비록 작지만, 정신적인 유산은 더없이 크고 소중하기만 하다. 술을 좋아하시던 아버지는 이웃과 더없이 사이좋게 지내셨고 어머니와도 특별히 다투시는 것을 보지 못했다. 물론, 어머니도 오직 아버지와 자식을 위해 온갖 정성을 기울인 참으로 고마운 분이시다. 가진 것은 없었지만 마음은 큰 부자였다는 생각이다. 만약, 그때 우리 시골 동네의 다른 어른처럼 고생을 덜 하시려고 6남매를 고등학교에 보내지 않았다면, 우리 형제자매는 지금보다 훨씬 어려운 삶을 살아갈 수밖에 없었을지 모른다. 자신을 돌보지 않고 우리와 이웃을 위해 보여 준 부모님의 헌신적인 삶의 발자취는 죽을 때까지 큰 교훈으로 마음속에 살아 숨 쉴 것이다.

지금은 어머니와 아버지가 세상사 모두 잊고, 그동안 못다 한 사연을 엮어 도란도란 이야기꽃을 피우며 지내고 계실 것이다. 하늘나라에는 이승과 달리 걱정이나 근심 같은 건 없다고 들어서이기도 하지만, 두 분 사이가 그만큼 좋으셨다.

추석 명절엔 보름달이 유난히도 밝고 그 빛이 더없이 그윽하다. 그 달을 쳐다보고 있노라면 부모님의 얼굴이 함께 겹쳐 보여 아린 마음으로 하염없이 바라보다 먹먹한 마음으로 돌아선다. 정말 복도 없이 고생만 하다 돌아가신 어머니가 그나마 오랜만에 만난 아버지와 아무 걱정 없이 하늘나라에서 지내셨으면 좋겠다. 지금은 나도 훗날 부모님과 함께 지낼 수 있었으면 더 바랄 것이 없겠다는 생각이 간절하기만 하다.

묘역은 망자와 산 자의 쉼터

해마다 여름이 지나고 소슬바람이 불어올 때면 벌초하러 고향에 간다. 고추잠자리가 떼 지어 날아들 무렵이면 해마다 시행하는 연례행사이다. 벌초한다고 해서 조상이 알아주는 것은 물론 아니다. 그런데도 해를 거르지 않고 벌초를 하는 것은 추석 성묘를 할 때나 시제時祭를 모실 때 마음이 홀가분하기 때문이다. 아니, 그보다 조상을 잘 모신다는 마음의 위안을 받기 때문인지도 모른다. 어쨌거나 올해에도 비지땀을 흘리며 풀을 깎고, 잡초를 뽑고 또 뽑았다.

화장 문화가 확산하고 있지만, 산소는 나름대로 의미가 있다는 생각이다. 산소는 망자의 휴식처이기도 하지만 살아있는 이에게도 마음의 쉼터가 될 수 있다. 나는 승진을 하거나 자리를 이동했을 때, 부모님 산소를 찾아 인사를 올리곤 했다. 일이 꼬이고 잘 풀리지 않을 때도 어김없이 찾아가 넋두리를 늘어놓기도 했다. 그러면 어느새 막혔던 가슴이 뚫리고 마음이 편해지면서 하늘에 계신 부모님이 도와주실 것 같다는 생각이 들기 때문이었다.

아버지는 변변한 양복 한 벌 없었다. 아버지가 양복을 맞춰 입으신 건 회갑 잔치 직후였다. 수행 비서로 일하며 모셨던 지사께서 양복점 상품권을 아버지 회갑 선물로 주신 덕에 서울까지 올라가 양복을 맞추셨다. 하지만 아버지는 명절 때나 입을까, 귀한 옷이라며 장롱에 모셔(?) 두곤 했다. 결국, 몇 번 입어보지도 못하고 돌아가신 것이다. 아버지는 정말 복도 없는 분이라는 생각에 지금도 목이 잠기고 가슴이 울컥해지곤 한다. 그런 애잔함으로 벌초를 하는 것이다. 풀을 깎는 건 부모님의 수염을 깎아드리거나 등을 밀어드리는 것과 같은 것이다. 정성을 다해 묘소 주변을 정리하는 건 이러한 애틋한 마음이 내재內在해 있어서이다.

아버지는 인정이 많고 남을 배려할 줄 아는 보기 드문 시골 멋쟁이셨다. 혼자 술 마신 것이 미안해 돼지고기 한 근을 사서 집으로 들고 올 때면 '내 마음 별과 같이'라는 노래를 구성지게 부르곤 하셨다. 그 생각이 나서 아버지를 모신 산자락을 붙잡고 속으로 울었다. 어머니도 아버지와 함께 이미자의 '황포돛배'를 부르곤 하셨다. 벌초는 부모의 한없는 사랑을 그리워하며 후회하는 마음으로 속죄하는 몸짓이기도 하다. 집으로 돌아오는 뒷전으로 구성진 노랫소리가 끝없이 들려왔다. 정신 나간 사람처럼 혼자 쓸쓸히 흥얼거리며 산에서 내려올 때, 별다른 피해 없이 여름을 지낸 하늘은 유리알처럼 맑았다.

부모는 자식이 잘되기를 기도하며, 자식을 위해 할 수 있는 모든 것을 다하며 사는 분들이다. 공직을 마무리하고 쉬다가 경기관광공사 사장으로 일하게 되었다. 도지사와 간부공무원 회의 석상에서 취임 인사를 하게 되었다. 다른 기관장은 일을 열심히 하겠다고 했지만 나는 "하늘나라에 계신 부모님이 너무 좋아하실 겁니다. 부모님 부끄럽지 않게 열심히 잘하겠습니다."라는 말을 했다. 일을 열심히 하겠다거나 경영 관련 이야기가 아닌데 진정성이 느껴졌는지 큰 박수가 쏟아졌다. 부모님께 자랑스러운 자식이 되는 것이 쉬운 일은 아니지만, 그러한 마음을 가슴에 담고 열심히 사는 게 정말 잘사는 것으로 생각한다.

어버이가 자식 봉양 기다리진 않는다

어버이날이다. 해마다 맞이하는 날이지만 갈수록 그 의미를 잊어버리게 된다. 부모님이 돌아가시고 안 계시기 때문이다. 때때로 돌아가신 부모님 생각이 절절할 때가 있지만, 할 수 있는 일이 아무것도 없다.

부모님 살아생전 어렵게 살았던 기억이 생생하다. 집안 사정 때문에 고등학교 진학을 포기하고 집안일을 돕기 시작했다. 아쉬움은 컸다. 때로 술까지 몰래 마셨다. 길이 보이질 않았다. 뒷산에 올라 어둠이 내릴 때까지 속절없이 신세를 한탄했다. 암울했다. 그러나 묵묵히 죽어지내기로 했다. 고등학교를 못 보내는 부모님 심정을 누구보다 잘 알고 있었으므로 당연히 그래야 한다는 생각이었다.

숙명이라 생각하며 땔나무도 하고 다른 일도 열심히 도왔다. 검게 그은 얼굴, 잔주름, 가라앉은 목소리……. 일에 지쳐 피곤한 기색이 역력한 부모님을 보면 절대로 게으를 수 없었다. 일을 거들다 가끔 부모님을 바라보면 우연히 눈이 마주칠 때가 많았다. 그럴 때면 부모님은 말없이 조용히 웃으시곤 했다. 아마도 맏이가 잘되어야 한다고 형을 서울로 유학 보낸 터에 둘째가 아무 불평 없이 일을 거들어 주는 것이 대견하셨을 것이다. 웬만하면 이렇게 군소리 없이 열심히 일했지만, 그러면서도 나는 가끔 내 신세에 울화가 치밀어 볼멘소리로 대드는 일도 있었다. 이제야 그것이 얼마나 철딱서니 없는 행동이었는지 후회가 되지만, 그때는 그랬었다. 결혼하고 자식을 키워보니 그때 부모님이 얼마나 힘들었을까 하고 새삼스럽게 절감한다.

사람이 산다는 건 참 애잔한 일이다. 살다 보면 기쁜 일보다는 가슴 아픈 일이 많다는 걸 알게 된다. 자신의 의지와는 다르게 돌아갈 때도 있고, 주변 상황이 변해 뜻하지 않은 어려움을 겪기도 한다. 그게 인생살이이다. 자식이 많은 나의 부모님 삶은, 해도 해도 형편이 나아지지 않는 어쩔 수 없는 고행苦行이었다는 생각이 든다. 그래도 구슬땀을 흘리며 삶을 이어가신 것은, 오늘보다 내일 더 나은 삶을 살아갈 수 있을 거라는 희망이 있었기 때문일 것이다. 의도하진 않았겠지만, 분명 자식이 잘되면 노후엔 형편이 나아질 거라는 기대를 하고 정성을 기울이셨을 것이다. 바람 불고 비 온 뒤엔 무지개가 뜰 것이라는 꿈을 가슴에 담고 살았을 것인데, 그 무지개를 보지 못하고 돌아가시고 말았다.

나는 결혼하고 아들 하나만 키웠다. 하나뿐인데도 흡족하게 잘해주지 못했다. 넉넉지 못한 박봉과 바쁘다는 핑계로 함께 놀아주지도 못했다. 그렇다고 부모님께도 별로 잘해 드린 것도 아니다. 정말 후회가 된다. 아들 하나도 힘들었는데 여섯 자식을 키우면서 얼마나 속 타는 일이 많았을까 하는 생각에 마음이 먹먹하다.

지금 부모님은 하늘나라에 계신다. 아버지는 예순둘 아까운 나이에, 어머니는 일흔다섯 되던 해 돌아가셨다. 홀로 지내던 어머니는 당뇨에 치매를 앓으셨다. 내 손을 잡고도 알아보지 못하실 때, 그 처절함은 심정은 참으로 기가 막힐 따름이었다. 그리고 병원에 입원한 지 석 달 만에, 그것도 이역만리 프랑스에 있을 때 돌아가셨다.

어버이날은 부모님을 제대로 모시지 못한 것이 정말 뼛속까지 사무치고 또 사무치는 날이다. 자식이 봉양하려 하지만 어버이는 기다려주지 않는다_{자욕양이친부대 : 子欲養而親不待}는 말이 이제야 실감이 난다.

사는 것이 힘겨울 때면 부모님 묘소를 찾아 넋두리를 늘어놓곤 한다. 하늘나라 부모님이 도와주실 거라는 기대가 있기 때문이다. 부모님은 살아서나 죽어서나 하늘 같은 존재이다. 살아 백 년 죽어 백 년 한결같은 어버이지만, 기왕이면 살아계실 때 잘해 드려야 한다. 그렇지 않으면 죽을 때까지 땅을 치며 후회하게 된다. 부모님을 잘 모시려 해도 세상에 안 계시면 아무 소용없는 일이다. 자식에게 어버이날이 따로 있을 수 없다. 살아생전 하루하루가 어버이날이다.

4부

기자 됐다고
그 가난에도 차를 사주시고…

셋째 홍정표1963년생는 어릴 때도 그랬고, 커서도 한때 교직을 꿈꾸었다. 글에서 선생님에 관한 이야기가 많이 등장한 것도 그래서일 듯하다. 그러나 이런저런 이유로 접었다.

존경하는 인물로 아버지를 주저 없이 꼽는다. 국민학교 1학년 때 이후 11년 만인 고3 시절에야 어머니가 처음 소풍 때 오셨다고 한다. 먼데서 4시간 넘게 달려와 김밥과 5,000원을 손에 쥐여 주신 어머니 뒷모습을 보고 정신이 번쩍 들어 공부에 매진, '기적의 힘'으로 대입에 성공했단다.

대학 졸업 후 1988년 공채 8기로 경인일보에 입사했다. 이후 수습기자로 출발해 사회부장·정치부장을 거쳐 편집국장을 역임했다. 현재는 이사 겸 서울본부장이다. 한국기자협회 인천경기협회장, 한국기자협회 부회장이기도 했다. 한국기자협회 '이달의 기자상'과 '한국기자상' 심사위원도 맡았다. 2014년 한국기자상 수상자이기도 하다.

실제 맛은 어떤지 몰라도 음식에 관한 이야기를 맛있게 쓴다. 틀림없이 미식가일 듯하다. 하지만 그 어떤 음식도 어린 시절 먹었던 동네 중국집의 짜장면만 못하다고 회고했다. 한편으로는 맨손 고기잡이 고수이다. 글에서 스스로 자랑하지는 않았지만, 주변의 공통된 평가가 그렇다.

둘째 아들이 10년 넘게 컴퓨터 게임에 푹 빠져 있는데, 아버지가 자신에게 그랬듯 자식에게 공부하라는 소리 안 한단다. 부전자전이다.

자주 바뀐 선생님들, 불편한 '스승의 날'

나는 국민학교에 입학했을 때 덧셈·뺄셈은 물론 한글을 전혀 몰랐다. 고향 마을에는 유치원이 없었고, 전기도 들어오지 않았다. 그런데 어떤 아이들은 벌써 한글도 꽤 많이 알고 덧셈도 하는 것 같았다. 한 달이 지나고 성적표를 들고 왔는데 이상하게 가족 누구도 아무런 말을 하지 않았다. 어린 마음에도 성적이 시원치 않다는 것을 알 수 있었다. 다음 달, 다시 성적표를 들고 집으로 갔다. 이번에는 좀 달라진 반응이었다.

5학년 담임선생님은 나에게 웅변을 가르쳤다. 연설문을 직접 써주고 방과 후에 개인 지도를 해 주셨다. 남 앞에 서는 게 처음에는 쑥스러웠고 연단에 서는 게 두려웠다. 앞에 서면 머리가 멍해지고 달달 외운 연설문이 떠오르지 않았다. 하지만 자꾸 할수록 점차 자신이 붙었다. 연단에 서서 웅변을 하면서도 표정이며 반응까지 살펴볼 수 있었다.

"해마다 6월이 되면 생각나는 것이 있습니다. 맛있는 아이스크림도 아니고 물장구치며 노는 것도 아닙니다. 저 북한 괴뢰군이 기습 남침을 한 6·25가 생각납니다."

당시 수백 번도 더 연습했던 웅변 원고의 시작 부분이다.

학교 대회에서 우승해 광주교육장 배 웅변대회에 대표로 나갔다. 성적은 신통치 않아 장려상에 그쳤다. 기대한 만큼 우수한 성적은 아니었다. 선생님은 과분한 사랑과 관심을 보여주었지만 보답하지 못했다.

중학교 1학년 담임은 예쁜 여자 선생님이셨다. 국어를 가르쳤는데 혼기를 넘긴 미혼의 노처녀였다. 소문에는 선생님의 피가 RH-알에이치 마이너스여서 결혼하기가 어렵다는 말이 돌았다. 하여간 공부는 진저리를 칠 정도로 싫어했는데, 국어 교과서는 통으로 외울 정도로 열심히 했다. 예습·복습을 철저히 하다 보니 성적이 잘 나왔고, 선생님도 예뻐하시는 거 같았다. 아쉽게도 다음 해에 선생님은 다른 학교로 전근을 하셨다.

중2 세계사 시간이었다. 여선생님은 만삭이었는데 그날은 졸리고 덥고 짜증스러운 초여름의 오후였다. '어떻게 한 시간을 버틸까' 생각하며 몸을 꼬고 있는데 선생님이 얼마 전 본 영화를 소개하겠다고 했다. 제목은 천일의 앤. 헨리 8세와 엘리자베스 1세의 결혼과 파경을 다룬 이 영화를 보고 온 선생님은, 스크린을 옮겨온 듯 실감 나게 이야기했다. 언젠가 선생님이 된다면 멋진 얘기를 학생들에게 들려줘야겠다고 생각했다.

중학교 때까지 시골에서 만난 선생님은 대체로 젊었다. 시골 학생들이었지만 열심히 가르쳤고, 애정을 듬뿍 주셨다. 국민학교 때 선생님과 함께 개울가에서 고기를 잡았던 기억은 잊지 못한다. 그런데 선생님들은 오래 근무하지 않았다. 대부분 1년~2년이면 다른 곳으로 가셨다. 어떤 선생님은 예뻐해 주셨는데 학기가 바뀌면 볼 수가 없었다. 일부 선생님은 여러 해 근무했지만 대부분 지역에 연고를 둔 분들이었다. 하도 자주 바뀌다 보니 어떤 선생님은 기억도 잘 나지 않는다. 서운하고 안타까운 노릇이다.

선생님들이 왜 자주 바뀌는지 커서야 알게 됐다. 당시 곤지암국민학교와 곤지암중학교는 오지 학교였다고 한다. 선생님들이 통근해야 하는 대중교통수단은 하루 10차례도 운행하지 않는 완행버스가 고작이었다. 자가용은 꿈도 꾸지 못하던 시절이었다. 이 때문에 선생님들이 근무를 꺼리는 지역이었다. 가산점을 주면서 의무적으로 일정 기간 근무하도록 하는 낙후된 지역 학교였다.

동급생 가운데 몇몇은 스승의 날이면 국민학교 때 선생님을 찾아뵌다고 한다. 이런 얘기를 전해 들으면 부럽기도 하고 부끄럽기도 하다. '마음에 담고 찾아뵐 선생님 한 분 없다니'. 그래서 스승의 날이 오면 늘 마음이 불편하다.

여러 유형의 선생님, 물거품이 된 교사 꿈

　　중학교 교과 과정에 기술 과목이 있었다. 이 시간에는 기계와 자동차의 작동 원리 등을 배웠는데 성적이 좋지 않았다. 상황이 더 나쁜 건 과목 선생님이 호랑이로 불릴 정도로 무서웠다. 선생님은 시험을 볼 때마다 '사랑의 매'를 들었는데 100점을 맞지 않는 한 매를 피할 수 없었다. 예를 들면 3월 시험에서 90점을 맞고 4월 시험에서 80점을 맞으면 떨어진 점수10점 만큼 1점에 1대씩 맞아야 했다. 누구도 예외가 없는데 3월에 40점을 맞고 4월에도 40점을 맞으면 매를 피할 수 있었다. 불공평하지만 어쩔 수 없었다.

　　7월 방학을 앞두고 고민이 생겼다. 중간고사 때보다 5점이나 낮은 점수여서 매를 맞아야 했다. 시험이 끝나고 학교 옆 개천에서 낚시하고 있는데 마침 기술 선생님이 채비를 갖추고 오셨다. 그날은 낚시가 제법 잘됐고, 메기에 자라까지 잡았다. 이날 잡은 고기를 모두 선생님께 드렸더니 꽤 좋아하셨다. 사실 선생님은 아버지와 가끔 술잔을 기울이는 가까운 사이이기도 했다. 선생님과 학부모가 가깝게 지내는 게 시골에서는 별로 이상하지 않던 시절이었다.

주말이 지나고 월요일 기술시간이 왔다. 걱정이 앞서고 긴장돼 손에 땀이 날 정도였다. 그런데 평소와 달리 밝은 표정으로 교실에 들어온 선생님은 농담을 꺼내시더니 바로 수업을 시작했다. 수업이 끝날 때까지 가슴을 졸였지만 걱정했던 매타작은 없었다. 이날 이후로 궁금해졌다. 메기의 효과인지, 아니면 집안에 경사가 났는지. 선생님에게 끝내 물어보지 못했다.

고등학교 음악 선생님은 키 크고 멋진 신사였다. 북한 말씨가 강했는데 외모와 평안도 사투리가 잘 어울렸다. 첫 음악 시간에 선생님은 반원 모두에게 중학교 때 배운 노래를 독창하도록 했다. 중학교 때 합창부에서 노래했던 터라 비교적 잘 불렀던 것 같다. 이게 화근이었다. 졸지에 밴드부 단원이 된 것이다. 선생님은 내가 음악에 소질이 있다고 했다. 한 달여 방과 후에 남아 밴드 연습을 했는데 이건 아니다 싶었다. 나팔 불려고 시골에서 인천으로 유학을 온 건 아니지 않은가.

이런 사정은 나뿐만 아니었다. 몇몇이 모여 탈퇴를 모의했다. 거사 일을 정하고 연습이 끝난 뒤 선배 단원에게 그만두고 싶다고 했다.

"그만두려면 '빠따'를 20대 맞아야 한다. 각오들 해라"

무섭고 두려웠지만, 선택의 여지가 없었다. 서너 명이 엎드렸고, 매타작이 시작됐다. 여덟 대인가 아홉 대인가 맞았는데 순간 정신을 잃었다. 잠시 후에 깨어났고, 그것으로 밴드부와는 이별이었다.

학교에 유명한 선생님이 계셨다. 별명이 '짱가'였다. 유도를 가르쳤는데 엄청난 카리스마로 학생들을 압도했다. 누구를 때린 적도 없는데

다들 무서워했다. 선배들이 전하는 말에 따르면 누구는 한 번 맞고 불구가 됐다는 전설이 나돌았다.

유도 시간에는 짱가의 진면목을 일부 확인할 수 있었다. 1학년 때는 낙법과 업어 메치기 정도를 배운다. 2학년이 되면 굳히기, 조르기, 꺾기 기술까지 배우고 대련을 하게 된다. 이 시간 짱가는 학생 중 한 명과 시범 대련을 한다. 짱가는 제일 덩치가 크고 힘이 세 보이는 친구를 고른다. 덩치는 곰처럼 크지만, 상대로 지목되면 겁부터 먹게 된다. 여지없이 메다꽂고 조르기까지 하면 시합 끝이다. 순식간이다.

짱가는 유머 감각도 있었는데, 가끔 우스운 얘기를 심각한 어투와 표정으로 들려줬다. 어느 날, 도둑이 들었다고 한다. 낮고 위엄 있는 목소리로 "가라우, 아니면 죽이갔써." 도둑은 조용히 집 밖으로 나갔다고 했다. 당시 짱가는 당연히 그러고도 남을 만하고, 도둑은 운이 좋았다고 생각했다. 지금도 그 생각에는 변함이 없다.

국민학교 때부터 역사와 지리에 관심이 많았던지라 한때는 교사가 되고 싶다고 생각했다. 한국사와 세계사, 국토지리, 세계지리 과목은 재미있고 흥미로웠다. 이런 과목은 잘 가르칠 수 있겠다는 생각이었다. 중2 때 선생님처럼. 학생들이 지겨워하는 날에는 멋진 영화나 삼국지의 한 대목을 얘기해 주면 좋겠다고 상상했다.

고등학교 2학년 때 이 꿈을 접었다. 미술은 당시 대학입시에 별다른 영향을 주지 않는 과목이었다. 같은 반 친구가 실습시간에 딴짓했다. 평소에도 주위 사람을 짜증 나게 하거나 톡톡 튀는 행동을 하는 아이였다. 선생님은 갑자기 그 친구에게 불같이 화를 냈고, 주먹과 발길질

세례가 이어졌다. 순식간의 일이라 누구 하나 나서지 못하고 지켜보기만 했다. 3~4분 정도 폭행이 이어졌는데 결국은 친구가 거의 실신해서야 발길질을 멈췄다. 선생님은 이성을 잃은 것 같았다. '아, 나도 선생님이 되면 저럴 수 있겠다'는 생각을 했다. 말 안 듣는 학생 때문에 흥분해 이성을 잃고 무차별 폭력을 행사하며 쌍욕을 퍼붓는 내 모습을 상상했다. 끔찍했다.

그래도 가끔은 교단에 서고 싶었다. 개방형 교장 공모제가 시행되면서 모교인 곤지암초교에서 1년이라도 교장 선생님을 해보고 싶었다. 그러나 교육감과 대화를 하다 그 꿈마저 접었다. 교원 자격증이 있어야 하고, 교단에서 일정 기간 이상 학생을 가르쳐야 하는 자격을 갖춰야 한다는 사실을 알게 됐다. 교사가 되고 싶은 꿈은 다음 생에서나 가능할 것 같다.

정신 번쩍 들게 한 어머니의 소풍 도시락

집안 일꾼인 작은 형이 군에 가면서 갑자기 장남 구실을 하게 된 나는, 닭 잡는 일도 해야 했다. 마당에서 뛰노는 닭을 잡아 두 발과 손으로 다리와 날개를 제압한다. 그러고는 목을 비튼다. 닭이 푸드덕거리다 지칠 때쯤 일회용 면도칼로 목을 벤다. 피를 흘리던 닭은 얼마 가지 않아 숨이 끊긴다. 이후에는 어머니가 닭털을 뽑고 요리한다. 처음에는 누가 누구를 잡는지 모를 정도로 서툴렀지만, 자꾸 죽이다 보니 능숙해졌다. '오늘은 닭 잡으라고 안 하나' 하는 기대도 하게 됐다.

그런데 중학교 2학년 때 겨울 어느 날 이후로는 닭 잡는 일을 접게 됐다. 놀랄만한 일이 벌어졌기 때문이다. 이날도 어머니의 명을 받아 닭을 잡게 됐다. 능숙한 솜씨로 닭을 제압하고 면도칼로 목을 그었다. 퍼덕거리며 피를 흘리던 닭은 어느 순간부터 움직임이 없었다. '음 완전히 죽었군.' 축 늘어진 닭을 양은 대야에 던졌다. 그제야 어머니는 끓는 물을 큰 그릇에 담아와 쏟아부었다. 순간, 죽었던 닭이 벌떡 일어나 뒷마당으로 냅다 도망쳤다. 너무 놀라 뒤로 자빠졌다. 그런데 어머니는 어느새 부지깽이를 들고 닭을 쫓기 시작했다. 그날 이후로 나는 한동안 제정신이 아니었다.

중학교 시절에는 많은 일을 해야 했다. 주로 농사일이다. 우리 집은 논 2,000평, 밭 1,000평 정도 소유하고 있었는데 일거리가 많았다. 소를 키웠고, 돼지·닭·토끼도 키웠다. 봄·여름·가을에 엄마 얼굴을 대낮에 보려면 밭으로 가야 했다. 꾀가 유난히 많았던 나는 학교에서 일부러 늦게 집에 가는 식으로 농사일에서 빠지곤 했지만, 늘 그러기는 어려웠다. 가끔 밭에 끌려가 일하는 것은 고역이었다.

중학교 때, 하루는 큰집 밭에서 고추를 땄다. 늦여름 오후, 햇볕이 강했다. 땀에 범벅된 얼굴에 고춧잎이 스치면 무척 쓰라렸다. 힘든 농사일을 거들어야 하는 시골에서 평생 이렇게 사는 건 희망이 없다는 생각이 들었다. 어떻게 해서든 이곳을 벗어나자고 다짐했다.

중3 때 기회가 찾아왔다. 인천으로 고등학교에 진학하게 된 것이다. 하지만 고등학교 유학 생활은 힘들었다. 공부를 꽤 열심히 하는데도 성적은 오르지 않았다. 영어와 수학이 특히 약했다. 과외나 학원에 다녀 본 적이 없으니 당연한 일이었다. 고2 때 단과 학원에 다녔는데 딱 2개월 지나자 과외가 전면 금지됐다. 학력고사와 내신으로만 대학에 갈 수 있었고, 본고사가 없어졌다. 영·수가 약한 나에게는 유리한 조치였다. 그렇긴 해도 영·수가 약하다 보니 성적을 내는데 늘 한계가 있었다. 놀기 좋아하는 버릇이 도지면서 성적이 오히려 떨어졌다.

3학년 초, 전국 모의고사 성적은 시원찮았다. 고향에 계시는 부모님 얼굴이 떠오를 때면 가슴이 서늘해졌다. 이러려고 유학을 왔단 말인가.

시간은 빨랐고, 어느새 5월이 왔지만, 성적은 오르지 않았다. 그러던 어느 날, 학교에서 돌아와 보니 어머니가 와 계셨다. 내일이 소풍이라며 김밥이라도 싸주려고 왔다고 하셨다. 어머니를 보니 반갑기도 했지만, 마음이 더 무거워졌다.

아침 일찍 어머니는 김밥 도시락을 건네며 5,000원을 쥐여 주셨다.

"소풍 잘 갔다 와라. 엄마는 아침밥 먹고 내려 갈란다. 더 있고 싶지만, 집안일이 바빠서……."

집을 나와 주안역 육교를 넘어가는 데도 어머니는 돌아서지 않고 계속 '어서 가라'는 표시로 손을 흔드셨다. 순간, 눈물이 왈칵 쏟아졌다. 못난 아들을 위해 곤지암에서 완행버스와 전철을 옮겨 타며 4시간을 넘겨 오시다니. 죄송한 마음뿐이었다.

이후 공부에 속도를 냈다. 공부 잘하는 친구들 따라 사설 도서관에 다녔다. 일요일에도 학교에 나가 저녁 늦게까지 버텼다. 성적이 조금씩 오르기 시작했다. 가을 모의고사에서는 수도권 대학은 물론, 서울 소재 대학까지 가능하게 됐다.

마침내 대입학력고사 날이 왔다. 82학년도 학력고사는 가장 어렵게 출제됐다는 평가가 있었다. 81학년도에는 340점 만점에 300점 이상이 3,000명을 넘었는데, 이해에는 340명 아래로 확 줄었다고 했다. 언론에서는 국·영·수가 특히 어려웠고, 암기과목도 까다로웠다고 전했다. 영수가 약한 나에게는 오히려 다행이었다.

국민학교 때는 어머니가 1학년을 제외하고는 한 번도 소풍에 같이 가지 못하셨다. 어려운 가정 형편에 4남 2녀를 키워야 하는 녹록하지 못한 처지가 동행을 막았을 것이다. 소풍은 늘 혼자였고, 손 위 누나가 의지가 됐다. 그래도 김밥은 꼭 싸주셨고, 얼마간의 돈을 손에 쥐여 주셨다. 어머니는 국민학교 때 소풍을 혼자 보낸 게 늘 마음에 걸리셨나 보다. 엄마 없이 홀로 차가운 김밥을 먹었을 유년기의 쓸쓸함을 모르지 않았을 터, 꼭 보상해주고 싶었던 것 같다. 고등학교 마지막 소풍날, 먼 길을 달려오신 어머니는 한없이 따뜻한 얼굴이었다. 솜씨 좋은 어머니가 싸준 김밥과 손에 쥐여 준 5,000원은 평생 잊을 수 없는 기적의 힘이 됐다. 가장 힘든 시기였지만, 어머니를 생각하며 고3병을 이겨낼 수 있었다.

어머니 고맙습니다. 보고 싶습니다.

어떤 맛도 어린 시절 미각에는 못미처

어쩌다 잡채밥을 먹는다. 잡채밥은 중화요리 식당에서 만들어 파는 대중적인 음식이다. 약간 매콤한 잡채 무침에 밥을 비벼 먹으면 썩 괜찮은 식감을 낸다. 잡채밥을 마주하면 늘 어린 시절의 비릿한 기억이 떠올라 묘한 감정에 사로잡힌다. 그래서 좋아는 하지만, 자주 먹지는 않는 이상한 음식이다.

고향인 곤지암에는 국민학교 2학년 때가 돼서야 전화가 개통됐다. 수동식 전화로, 손잡이를 360도 계속 돌리면 저쪽에서 여자 목소리가 들리고 어디를 연결하겠느냐고 물어온다. 교환원이라고 불렀다. 그러면 지역과 전화번호를 말하고 조금 기다리면 통화가 이어지는 방식이다. 한번은 서울 친척 집에 전화를 걸었는데 통화하기까지 30분도 더 기다린 적도 있었다. 이때 교환원은 대체로 통화량이 많다거나 이상하게 연결이 지연된다고 말한다.

국민학교 4학년 때는 마침내 전기가 들어왔다. 이때 어머니는 감격스럽게도 냉장고와 금성 텔레비전을 사셨다. 냉장고에 얼린 오렌지 셔벗을 빨면서 TV 연속극을 보는 건 여간 즐거운 일이 아니었다. 당시에는 TV를 가진 집들이 많지 않아 친척과 이웃도 함께 모여 드라마나 스포츠 중계를 보곤 했다. 어린 마음에 집에 TV가 있는 게 즐겁고 자랑스러웠다.

국민학교 입학 무렵 마을에 중국집이 생겼다. 집에서 200m가량 떨어져 있었는데 지나다 보면 짜장면의 고소하면서도 달곰한 냄새가 진동해 배가 뒤집힐 지경이었다. 중국집 사장은 동네 사람이었는데 아버지를 형님이라고 불렀고, 여사장은 어머니를 언니라고 불렀다.

그해 여름, 밖에서 놀다 집에 가보니 짜장면 냄새가 가득했다. 중국집에서 짜장 소스를 줘 어머니가 손 짜장면을 만드신 것이다. 칼국수를 좋아하지 않았기에 처음에는 안 먹겠다고 했지만 이내 항복하고 말았다. 생애 첫 짜장면은 내 인생 최고의 맛으로 남아 있다.

국민학교 2학년 무렵이다. 저녁에 어렴풋이 잠이 들었는데 손님이 오신 듯했다. 가끔 오시는 신사였는데 아버지가 늘 공손하게 대하는 모습을 볼 수 있었다. 서울의 시중은행 간부였던 신사는 아버지에게 별장터 토목공사를 의뢰한 분이었다. 이 귀한 손님에게 집에서는 마땅히 대접할 음식이 없었고, 저녁 늦은 시간대여서 중국집에 잡채밥을 시키셨다. 얼마 지나지 않아 음식이 배달됐고, 그 손님은 밥을 먹으며 아버지와 이런저런 말씀을 나누셨다. 생전 처음 보는 잡채밥에 이끌려 잠이 확 달아났는데 마침 그분은 절반가량을 남기고 그만 드시겠다고 했다. 나머지는 내 차지가 됐고, 그렇게 해서 잡채밥을 먹어보게 됐다.

얼마 전 전국에서 잡채밥을 제일 잘한다는 부천의 복성원에 다녀왔다. 원미구청 앞에 있는 이 집은 볶음밥을 해서 그 위에 볶은 잡채에 얹는 방식으로 요리해 명성을 얻었다. 노부부가 하는 오래된 점포인데, 잡채밥을 먹는 순간, 수십 년 전 국민학생 시절로 돌아가는 맛이었다. 적당히 매콤하고 볶음밥만으로도 훌륭한데 잡채를 더했으니 더 바랄 게 없다. 나오면서 카드 대신 현금을 꺼내 들었다. 맛있는 식당에 갔을 때 만족하다는 나름의 습관적인 표시이다.

인생 짜장면도 있다. 부산의 동화반점 유니짜장면이다. 50년 역사의 화상이 운영하는 오랜 점포인데, 짜장 종류와 볶음밥으로 유명하다. 지하철 남포역에서 국제시장을 지나 헌책방거리를 돌아야 한다. 세무서 앞 골목에 자리하고 있다.

오후 1시가 넘어 도착했는데 여전히 손님이 가득했다. 유니짜장면과 볶음밥을 시켰다. 아내가 투덜거렸다. 더운 날씨에 여기까지 와야 하느냐는 투정이다. 유니짜장면이 나왔다. 면과 짜장이 따로 나오는데 반숙 달걀부침이 올라 있다. 짜장 소스를 붓고 젓가락으로 섞는다. 냄새를 맡는데 이미 맛있다고 말하는 듯하다. 한입 가득 면을 들이켰다. 고소하다. 입에 착 감긴다. 처음 느끼는 훌륭한 맛이다. 인천의 차이나타운에서 한다 하는 집들보다 한 수 위다. 차진 면발이 돼지고기를 갈아 넣은 짜장과 어우러져 최상의 조합을 이룬다. 어떻게 이런 맛을⋯. 미소가 저절로 번진다. 볶음밥도 훌륭하다. 육질의 달인이 만들었을 탄내가 고소함으로 어우러졌다. 계란국은 짜지 않고 담백하다. 인천 용화반점에 뒤지지 않는다. 내 인생의 중국집을 만났다. 하필 부산인가. 먼 게 흠이다. 언제 다시 올 수 있을까.

집으로 오면서 동화반점 생각을 많이 했다. 그래도 어렸을 적 처음 먹은 짜장면보다는 감동이 덜했다. 잡채밥을 얻어먹은 그 날 밤도 기억에 남는다. 비록 시골의 중국집이었지만 어디에도 비할 수 없는 극상의 맛이었다.

세월이 흘렀고, 입맛도 변했다. 동화반점도 용화반점도 그 어린 시절 먹었던 잡채밥, 짜장면 맛은 아니다. 유년기에 맛의 신세계를 선사했던 동네 중국집의 짜장면과 지금은 없어진 영동식당의 돼지고기볶음은 다시는 맛볼 수 없는 '미각의 추억'으로 남을 것 같다.

불호령 아버지, 막내에게만 예외

국민학교 때 일이다. 일곱 살 많은 작은 형은 중학교_{현재의 곤지암중학}교 축구선수였다. 형은 수업이 끝나면 다른 선수와 함께 운동장에 모여 공을 찼다. 감독이나 전담 코치는 따로 없었다. 30대 초반의 동네 형이 그 역할을 대신했다. 동네 형은 다혈질이었고, 가끔 몽둥이를 들기도 했다.

이회택을 좋아하는 축구광 아버지는 작은 형이 공 차는 모습을 보기 좋아하셨다. 어느 날, 아버지와 함께 담 너며 학교 운동장에서 형이 공차는 것을 보고 있는데 그만 민망하고 당황스러운 장면을 보고야 말았다. 코치 형이 단체로 얼차려를 주더니 매질을 시작했다. 형도 다른 선수와 마찬가지로 엎드린 자세로 매를 맞았다. 순간, 아버지는 화를 참지 못하고 큰 소리로 "야, 인마! 왜 애들을 때려."라고 하시며 달려가 코치의 머리를 쥐어박고, 형의 손을 잡고 돌아오셨다. 그 이후 형이 공차는 모습을 보지 못했다.

아버지는 불같이 급하고 엄하셨다. 말수가 적어 쉽게 접근하기 어려운 가부장이셨다. 부리부리한 큰 눈에 오뚝한 콧날, 시원한 이마에 큰

귀를 가진 호남형으로 얼굴색이 붉었다. 키는 165㎝ 정도에 배가 나온 전형적인 중년의 모습이셨다. 어머니는 술을 많이 마셔서 그렇다 하셨지만, 어려서부터 얼굴이 붉었던 것으로 미뤄 신빙성이 떨어져 보인다.

4남 2녀 가운데 막내가 아버지와 가장 가깝게 지냈다. 아버지와 어머니는 동생이 태어나면서 형편이 나아졌다고 했다. 집안의 복덩이라는 것이다. 이 때문인지 모르지만, 막내가 아버지의 사랑을 전폭적으로 차지했다. 그 위의 형제자매는 모두 아버지를 어려워했다. 아버지가 집에 들어서는 기색이 느껴지면 우리 남매는 저마다 자기 방이나 안 보이는 곳으로 피신하기 바빴다. 어떤 날은 어머니의 잔소리가 이어졌고, 두 분이 싸우는 소리에 불안한 밤이 이어지기도 했다.

아버지는 술을 거의 이틀마다 드셨는데, 자주 다리를 주물러드려야 했다. 짧으면 10분, 길면 1시간 넘게 걸렸다. 주무시면 살며시 방을 나오기도 했다.

아버지는 가끔 할아버지 얘기도 하고 할머니 얘기도 들려주셨다. 힘들었던 시절을 말하다 눈물을 흘리기도 했다. 시골 빈농의 아들로 태어나 국민학교 이력이 전부인 아버지가 6남매를 키우기가 어찌 힘들지 않을까.

아버지는 가끔 소와 돼지 내장을 매단 꾸러미를 들고 오시곤 했다. 그런 날은 대체로 기분이 좋으셨고, 동네가 떠나가도록 큰 소리로 노래를 흥얼거리며 들어오셨다. 어머니는 소 지라와 간은 간장 베이스의 양념을 해서 프라이팬에 살짝 구워주셨는데 잊을 수 없는 맛이다. 내장은 빡빡 씻어서 얼큰한 전골로 만들어 주었는데 이 또한 아련한 미각의 추억으로 남아 있다. 어릴 적 익숙해진 입맛은 세월이 지나도 변하지 않는다. 남들은 더러 꺼리기도 하는 순대와 소·돼지 내장을 나는 즐겨 먹는다.

아버지의 회갑 날은 그야말로 축제의 날이었다. 많은 하객이 축하해 주러 왔고, 가족과 친척이 모두 모여 흥겨운 잔치를 벌였다. 아버지는 그날 여러 곡의 노래를 불렀는데 현철의 '내 마음은 별과 같이'를 맛깔나게 부르셨다. 작은 형은 지금도 가끔 아버지가 생각날 때면 이 노래를 부른다고 한다.

아버지는 토건업을 하셨다. 농사를 짓다 전업했다고 한다. 큰형이 중학교 갈 무렵이었다. 형이 공부를 잘하는 게 아버지의 어깨를 무겁게 했다. 농사일을 해서는 6남매를 고등학교까지 가르치기 어려운 게 현실이었다. 결국, 남의 면허를 빌려 생판 모르는 분야에 뛰어든 것이다. 나는 대학교 다닐 때 공사 현장에서 아르바이트했다. 기억나는 현장은 진우리 별장 터를 조성하는 곳이었는데 석축 쌓는 인부들 잔심부름도 하고 간식거리도 준비하는 게 일이었다.

늦가을 어느 날, 일꾼 한 분이 배터리를 가져와 물고기를 잡아달라고 했다. 그렇지 않아도 고기 잡는 것을 좋아했던 터라 오늘은 지루하지 않겠다고 쾌재를 불렀다. 골짜기를 따라 폭 1~3m 정도인 도랑에는 물고기와 개구리가 많았다. 공해와 오염이라는 개념 자체가 없던 시절이다. 가로 30㎝, 세로 40㎝가량 되는 배터리를 등에 지고 왼손으로 굵은 쇠창이 달린 막대로 전기를 넣으면서 돌을 뒤진다. 오른손으로는 뜰채가 달린 막대를 들이댄다. 그러면 붕어와 미꾸라지가 경직된 모습으로 허옇게 떠오른다. 개구리는 다리를 쭉 뻗고 만세를 부르는 자세로 돌 틈에서 튀어나오는데 잡는 재미가 쏠쏠하다. 인부들은 어부 났다고 좋아하면서 개구리며 민물 잡어를 끓여 먹는데, 나는 먹지는 않았지만 보는 것으로도 즐거웠다.

대여한 차를 타고 현장에 오시는 아버지는 별 잔소리를 하지 않는 편이셨다. 하지만 어떤 날에는 일하지 않는다며 불호령을 내리기도 하셨다. 인부들은 아버지가 버럭 소리를 지르면 무섭기가 호랑이 같다고 했다. 놀라운 건 느낌상 인부들이 일을 게을리하는 것 아닌가 하는 때는 여지없이 아버지의 날벼락이 떨어졌다는 점이다. 수년 사이, 아버지는 사업 전반을 관리하고 일꾼을 부리며, 성과를 내는 방법을 터득한 것 같았다.

아, 아버지!

아버지는 만성 고혈압 환자였다. 뚱뚱한 체형이었고 얼굴도 붉었다. 눈자위도 늘 충혈돼 있었는데 안압이 높아졌기 때문일 것이다. 다른 약은 몰라도 혈압약은 챙겨 드셨다. 아버지가 TV를 시청하다 쓰러지신 건 우리 집의 전설과도 같은 얘기다.

아버지는 프로복싱을 좋아하셨는데 1970년대 후반~1980년대 초 활약한 김태식 선수의 열성 팬이기도 했다. 김태식은 경량급이지만 강력한 훅과 펀치력으로 상대를 몰아붙이는 인파이터이다. 그는 동양 챔피언에 이어 세계 챔피언이 됐다. 타이틀 방어전 때는 보기 드문 난타전을 벌여 2회에 KO승을 거두었다. 이 경기 중계방송을 보시던 아버지가 갑자기 쓰러지셨다. 다행히 응급조치를 받고 일어나셨지만, 하마터면 큰일이 날 뻔한 아찔한 순간이었다.

중2 때였다. 그 해는 유난히 가뭄이 심했다. 어느 날 저녁 무렵, 아버지와 함께 논이 있는 갈매 들로 향했다. 가끔 논물을 보러 갈 때는 있었지만, 아버지와 함께 가는 것은 오랜만이었다. 그날은 논에서 1㎞가량 떨어진 하천에서 양수기로 물을 퍼 수로를 통해 우리 집 논에 물을 대는 일이었다. 밤을 새워야 했다. 애써 퍼 올린 물을 중간에 빼돌리는 경우가 있었기 때문이다. 밤늦게까지 물 단속을 하다 새벽녘에야 논두렁 넓은 곳에 깔아 둔 잠자리에 누울 수 있었다.

아버지는 엄했지만, 들녘 한복판에서 단둘이 잠을 잔다는 건 새로운 경험이었다. 아버지는 별말씀 없었지만 싫지 않았다. 자리에 누워 하늘을 보는 순간, 놀라운 광경이 펼쳐졌다. 하늘에 떠 있는 수많은 별이 내게로 쏟아졌다. 하나같이 밝고 뚜렷했다. 가끔 밤하늘을 쳐다보며 별자리를 찾기도 했지만, 이처럼 수없이 별이 빛나는 밤은 처음이었다.

아버지는 말이 없는 무뚝뚝한 가장이었지만 마음은 누구보다 따뜻했다. 대학을 나와 경인일보에 입사하자 승용차를 사 주셨다. 차량 가격의 절반은 할부로 부담해야 했지만, 1988년도인 이때만 해도 회사에 차를 가진 직원이 열 명도 안 되던 시절이었다.

여름 어느 날, 아버지가 전화하셔서 시골에 갔더니 성남 모란에 가자고 했다. 아버지와 친구분들을 차에 태우고 보신탕집에 갔다. 맛집으로 소문이 난 집이었다. 어르신들이 참 맛있게도 드셨다.

막내가 군에 입대해 춘천교도소에서 근무했다. 아버지는 주말이면 내 차를 타고 춘천으로 가 동생을 면회했다. 회사 일이 바쁘고 몸이 힘들었지만, 막내를 생각하는 부모님 마음을 상하게 할까 봐 함께 자주 갔었다. 어떤 때는 '이러려고 차를 사준 건가?'라는 생각이 들 정도였다.

1991년 늦여름 토요일에 회사 선배와 몇이 안성으로 민물낚시를 하러 갔다. 평지형 저수지에 조성된 유료 낚시터였다. 여럿이 어울려 밤 늦게 낚시하다 삼겹살에 소주를 곁들이고 잠이 들었다. 문득 새벽에 깨었는데 동이 틀 무렵이었다. 선배들은 모두 잠들어 있었다. 과음으로 속이 쓰렸고, 한참을 뒤척이다 혼자 낚시를 시작했다. 안개가 피어오르는 저수지 위로 백로가 날아오르고, 이름 모를 새가 꺽꺽거렸다. 그림을 보는 듯 아름다웠다.

미끼를 끼우고 10분쯤 지났을까, 입질이 와서 급히 챔질했는데 조그만 붕어가 딸려왔다. 물속에 있었을 때는 몰랐는데 손에 쥐고 보니 빨간 금붕어였다. 낚시터에서 금붕어를 잡다니, 참으로 이상한 일이었다. '이게 뭐지?', 하지만 별 느낌은 없었고, 오전 늦게까지 낚시하다가 집으로 돌아왔다. 얼마나 잤을까? 피곤함에 낮잠을 자고 있는데 저녁 무렵 작은 형의 전화가 왔다. 아버지가 교통사고로 다쳤으니 함께 곤지암에 가자는 것이었다.

차를 타고 가는 내내 형은 말이 없었다. 평소와는 달랐다. 그래도 뭔가 엄청난 일이 벌어졌다는 생각은 하지 않았다. 시골집 앞에 도착했을 때는 어둠이 짙었는데 사람들이 20여 명 가량 모여 있었고, 장작불이 활활 타오르고 있었다. 직감적으로 불길한 느낌이 왔다. 혹시 아버지가 잘못된 건 아닐까. 환하게 불이 켜진 집안에 들어서자 이미 조문객을 맞을 채비가 끝나 있었고 어머니와 먼저 와 있던 친척, 이웃 사람들이 통곡하고 있었다. 아버지가 돌아가신 것이다.

아버지는 빈농의 아들로 태어나 4남 2녀를 키워낸 가장이셨다. 역시 가진 것 없는 가정의 여식과 결혼해 일가一家를 이뤘다. 두 아들과 딸은 공무원이 됐다. 중견 언론인과 터닝메카드를 연출한 유명 애니메이션 감독 아들도 됐다.

아버지가 귀천하고 얼마 뒤 큰 형은 사무관이 됐다. 이후 서기관으로 승진해 광주시 총무국장을 지냈다. 작은 형은 이사관이 돼 용인 부시장을 지낸 뒤 민선 도지사 비서실장을 거쳐 경기관광공사 사장으로 일했다. 사고가 아니었다면 아버지는 이 모든 것을 보셨을 것이다. 얼마나 기뻐했을까, 안타까운 일이다.

회사에서 보직이 바뀌거나 마음이 잡히지 않을 때 부모님 산소를 찾는다. 다녀오면 마음이 가라앉고 편해진다. 일이 잘되면 부모님이 도와주신다는 생각이 든다. 일이 잘못되면 부모님 도움으로 잘 될 것이라고 위안 삼는다.

"어머니, 부지깽이가 그립습니다"

국민학교 때 아침에 학교에 가다 갑자기 집으로 돌아섰다. 육성회비를 가져오지 않은 게 생각난 것이다. 어머니에게 육성회비 내게 돈 달라고 하자 한 푼도 없다고 하신다. 다음에 돈 생기면 준다고 선생님에게 말씀드리라고 했다. 오늘 달라고 떼를 쓰면서 학교에 가지 않겠다고 졸랐다. 등교 시간이 다 되도록 어머니와의 신경전을 계속됐다. 육성회비 안 주면 죽어도 안 가겠다고 했고, 어머니는 부지깽이를 들고 나를 쫓았다.

"다음에 준다니까 왜 이래, 다음에 줄게 빨리 학교나 가!"

담임선생님은 육성회비 내는 기한이 지나면 못 낸 학생 명단을 불렀는데, 죽기보다 싫었다. 쫓아내면 피했다가 다시 조르고, 어머니는 또 부지깽이를 들고나오기를 여러 차례. 어머니는 내 속을 모르는지 자꾸 쫓기만 했고, 울면서 가기 싫은 학교에 가야 했다.

넉넉하지 않은 시골 가정이었지만 국민학교 때 사정이 더 나빠졌다. 토건업을 하는 아버지의 사업에 빨간불이 켜진 것이다. 일곱 살 위인 작은 형은 고등학교도 제때 가지 못하고 늦은 4월에 겨우 갈 수가 있을 정도였다. 최악이었다. 어머니는 늘 힘들어했고, 어떤 때는 아버지와 싸우고 부엌에서 울기도 했다. 암울한 시기였다.

어머니는 전형적인 시골 아낙이었다. 키도 컸고, 늘씬했는데 6남매를 키우느라 늘 민낯에 '몸뻬' 차림이었다. 어쩌다 외출을 할 때도 변변한 옷을 입으신 걸 보지 못했다. 자식이 많아 일에 치였고, 짬이 없는 생활이 고단했다. 그래도 참 고운 얼굴을 가진 어머니였다.

어머니는 매일 일을 했다. 하루도 쉬는 것을 보지 못했다. 몸이 아파서 누웠을 때가 일손을 놓는 날이었다. 봄부터 가을까지는 농사일에 매달려야 했다. 논과 밭을 혼자 경작해야 했다. 물론 형과 누나들이 총출동해 일손을 도왔지만, 주역은 어머니였다. 농사는 농사대로 하면서 6남매를 키워야 했다. 한참 크는 아이들 건사하는 게 여간 힘들지 않았을 터, 가난은 천형이었다. 넉넉하지 못한 살림은 평생을 따라다닌 어두운 그림자였다.

어머니는 가끔 완행버스를 타고 오일장에 가셨다. 30리나 떨어진 이천읍이나 20리 떨어진 광주읍 장이다. 커다란 짐을 이고 아침에 갔는데 저녁 무렵에야 돌아왔다. 어머니는 농산물을 이고 장에 내다 팔아 생활비에 보탰다.

어머니는 현명한 주부였다. 특히 요리를 잘했다. 무엇이든 맛있게 했다. 겨울에는 엿을 고고 메밀묵과 도토리묵을 쒔다. 두부도 직접 만들었는데, 이런 날에는 아버지도 밖에 나가지 않고 순두부를 얻어 드셨다. 아마도 당시 고향 마을이 제법 규모가 있었다면 두붓집이나 묵집을 했을지도 모를 일이다.

　어머니는 술을 좋아하는 아버지 때문에 마음고생을 많이 하셨다. 부부 싸움도 많이 하셨는데 식구들은 모두 어머니 편이었다. 그래도 아버지는 꿋꿋하게 술을 드셨다. 어떤 날은 술에 취한 친구분이나 공무원들이 갑자기 들이닥쳐 어머니가 안절부절못하는 일도 많았다. 아버지는 늘 술이 좋아서가 아니라 먹고 살기 위해 술을 드신다고 했다.

　어머니는 아버지가 교통사고로 돌아가신 뒤부터 얼굴이 어두워졌다. 건강도 나빠졌다. 나도 빨리 죽어야 한다고 말씀하실 때는 가슴이 멨다. 혼자 사시면서 대화가 줄고 식사 습관도 부족해지면서 건강은 더 악화했고, 치매 증상을 보이기 시작했다.

　치매 초에 어느 날 우리 집에 오셔서 일주일가량 계셨는데 아내는 자꾸 이상한 말씀을 한다고 했다. 옥수수를 따러 가야 한다고 하시면서 밖으로 나가셨다고 한다. 따라가 보면 뭔가를 찾고 있는데 아마도 옥수수밭이 아닌가 생각된다. 도시 한복판에서 옥수수밭은 찾는 어머니 모습에 가슴이 미어졌다.

　매년 5월 어버이날이 오면 가슴이 먹먹해진다. 부모님은 물론 장인·장모도 없는 천애의 고아가 됐다. 특히 어머니를 생각하면 가슴이 메어온다. 늙고 야윈 어머니 모습만 떠올라 마음이 더욱 무거워진다.

　학교에 가라며 내쫓았던 어머니의 부지깽이가 그립다. 어머니는 그 부지깽이로 얼마나 많은 부엌일을 하셨을까. 나를 쫓아낸 부지깽이를 들고 부엌에 앉아 얼마나 우셨을까. 가난은 창피하고 부끄럽기만 한 게 아니라 한없이 서럽게 한다. 부지깽이를 들고 학교에 가지 않겠다고 하는 아들을 쫓아내는 어머니 모습이 떠오를 때면 늘 목이 잠긴다.

맨손 고기잡이 손맛 짜릿, 어린 조카도 '짱'

신갈에 사는 50대 회사원은 주말이면 화성이나 용인 등지의 하천과 저수지를 찾는다. 붕어와 메기, 잉어 등 민물고기를 잡기 위해서다. 그는 아무런 도구를 쓰지 않는다. 민물고기를 맨손으로 잡는다. 일반인들이 보기에는 신기하고 방통해 보일 듯하다. 이런 연유로 방송에도 소개됐을 정도다.

나도 어린 시절 맨손으로 붕어와 피라미, 메기를 잡았다. 원리는 의외로 간단하다. 민물고기는 몸통과 꼬리를 잡으면 손아귀에서 벗어나지만, 머리를 잡히면, 특히 아가미를 제압당하면 꼼짝도 하지 못한다. 이런 원리만 알면 잡을 수 있다. 손의 감촉으로 고기의 위치와 머리 방향을 가늠한 뒤 양손을 돌이나 수초 사이에 넣어 머리 쪽을 꽉 쥐는 것이다. 그리고 아가미 부분을 누르면 몇 번 팔딱거리다 멈추게 된다.

국민학교 2학년 때부터 민물낚시를 했다. 집 뒤에 있는 곤지암천 중류 보에서다. 처음에는 낚싯줄과 낚싯바늘을 꿰어 3m 남짓한 대나무에 매달아 채비했다. 미끼는 지렁이를 썼는데, 퇴비 더미를 잠깐만 뒤져도 종일 쓸 만큼 잡을 수 있었다. 길이는 4~5㎝ 정도가 알맞았는데,

물속에서 꿈틀거리면 붕어와 메기가 무섭게 달려들곤 했다.

여름에는 견지낚시도 했다. 물이 흐르는 지점에 자리를 잡고 낚싯줄을 늘였다 당겼다 하면 미끼가 살아있는 것으로 착각한 피라미들이 맹렬하게 달라붙었다. 돌을 들추면 길이 1㎝가량의 돌벌레를 볼 수 있는데 훌륭한 미끼가 됐다. 가짜 파리 미끼나 파리를 잡아서 쓰기도 했지만, 돌벌레만큼 잘 잡히지 않았다. 가끔은 돌을 들어 올렸는데, 길이 2㎝가 넘는 징그러운 유충이 기어 다녀 확 내던지기도 했다. 그때는 몸에 소름이 끼칠 정도였다.

아침저녁으로는 어항을 놓았다. 미끼는 깻묵 가루가 제격이었는데, 구하기가 어려웠다. 이 때문에 된장에 밥을 섞고 깨소금을 넣어 잘게 간 것으로 밑밥을 만들었다. 그러다가 가끔 어머니에게 된통 혼나기도 했다. 된장도 귀한 시절이었으니 당연했다. 사납지 않고 완만하게 흐르는 지점에 돌을 쌓아 물살을 막고 돌무덤 쪽이 입구가 되도록 해 어항을 놓는다. 30분 정도 지나서 꺼내면 많을 때는 10㎝ 내외의 피라미 등이 제법 많이 들어 나가려고 발버둥을 친다. 한낮이나 맑은 날보다는 아침저녁, 우중충한 날에 잘 잡힌다.

가장 재미있는 고기잡이는 맨손으로 잡는 것이다. 도구가 아닌 맨손으로 잡는 손맛은 짜릿하다. 고기를 일정한 크기의 가두리에 몰아 잡는 맨손 고기잡이는 흥미진진했다. 깊이 10~15㎝ 정도의 자갈 더미를 흐르는 물에 돌을 쌓아 3~4평 크기의 사각형 틀을 만든다. 그리고 아래쪽에 30~40㎝ 크기의 문을 만든다. 한쪽에 숨어 있다 달려가서 문을 닫으면 탈출구를 잃은 고기들은 당황해 돌 속으로 숨는다. 돌 속에 손을 넣어 한 마리씩 건져 올리면 된다.

지난여름 가족이 평창으로 여행을 갔다. 초등학교 4학년 여자 조카 애가 반도 질에 흥미를 붙였다. 계곡에서 겨우 한 마리 잡았을 뿐인데 퍽 재미있었나 보다. 돌아오는 날도 계곡에 가자고 보챈다. 원주의 한 계곡으로 갔다. 조카 아이는 그물을 들고 고기를 잡겠다고 한다. 계곡 에는 고기보다 사람이 더 많은데 말이다. 그래도 고집을 피우더니 물고 랑에서 피라미 두 마리를 잡는다. 놀랄 일이다. 서울에서 나고 자란 여 자애 솜씨가 보통이 아니다.

피는 못 속이나 보다. 내년에는 진짜 천렵을 가보려 한다. 족대와 견 지낚시로 민물고기를 잡아 고추장 풀어 매운탕 끓이고 싶다. 조카는 아 마도 평생 잊지 못할 추억을 만들 것이다.

기자 생활, 놀아도 노는 게 아니다

　대학에서 신문방송학을 전공했다. 기자나 PD가 되려고 한 게 아니라 다른 이유가 있었다. 큰형이 바랬던 대학교 신방과 진학이 좌절된 게 영향을 줬다. 당시는 학력고사 70%+내신 성적 30%로 대학을 가야 했는데, 친한 친구가 연세대 신문방송학과를 지원했다. 마침 형 생각이 났고, 성적이 맞는 학교에 지원하게 됐다.

　대학을 다니면서 공부는 하지 않고 놀고 또 놀았다. 지금도 가끔 악몽을 꾼다. 대체로 학점이 모자라 졸업을 못 하게 되는 과정의 반복이다. 그러다 졸업을 앞두게 됐다. 당시에도 언론사는 경쟁률이 심했고, 언론 통폐합 정책으로 매체 수도 적었다.

　평소에 생각해 둔 직종이 있었다. 광고회사에 가고 싶었다. 좋은 광고를 만들어 소비자를 사로잡을 수 있다면 그 또한 매력이 있고, 보람이 클 것으로 생각했다. 당시는 컬러TV 시장이 급성장하면서 방송 광고가 주목받기 시작한 시기였다. 취업에 별 신경을 쓰지 않는 분위기였는데, 오리콤 최종 면접에서 떨어지면서 어려움을 겪게 됐다.

경기도 도청 공보실에서 근무하던 작은 형이 경인일보에 응시하라고 권한 게 기자 생활을 하게 된 계기가 됐다. 1988년 5월 공채 8기로 입사해서 사회부 수습기자가 됐다. 당시 편집국은 분위기가 살벌했다. 수습은 숨소리도 못 내는 험악한 분위기였다. 선배 앞에서 담배를 꺼내는 건 상상도 못 했다. 편집국에서 담배를 물고 원고를 쓰는 선배들이 부러웠다.

여름 어느 날, 사회부장이 점심을 하자고 해 부원 모두가 함께 식당에 갔다. 보신탕집이었다. 개고기를 먹지 않는 난 삼계탕을 시켰다. 음식이 모두 나와 먹기 시작하는데 갑자기 부장이 큰소리로 외쳤다.

'저놈은 뭐 먹는 거냐?'

나보다 더 놀란 듯한 선배는 '수습인데 개를 못 해서 닭을 시켰다'고 했다. 그러자 부장이 나에게 옆으로 오라고 했다. 그러고는 젓가락으로 살코기 한 점을 들어 먹으라고 했다. 눈을 질끈 감고 입에 넣었다. 헉, 그런데 이게 웬일! 쫄깃하고 맛있었다. 아니 이 맛있는 걸 왜 안 먹었지? 이후 보신탕 꽤나 먹으러 다녔다. 회사에서도 손꼽히는 애호가가 됐다.

새내기 기자 생활은 힘든 날의 연속이었다. 정신적으로, 육체적으로 모두 피곤했다. 취재 지시는 넘쳤고, 기사를 작성하는 일은 고역이었다. 이 와중에 선배들과 어울려 다니며 당구도 치고 술자리도 함께해야 했다.

어느 집단에서 그렇지 않으랴만, 기자 사회는 선·후배 간 규율이 엄격하다. 선배는 모자란 후배 가르치면서 술과 밥도 사주는 헌신적 역할을 한다. 대신 후배는 절대복종하고 따라야 한다.

초년병 시절, 5년 정도는 정신이 없을 만큼 바쁘고 힘이 들었다. 그 사이 성남·평택 등 지역에서도 근무했고, 정치부와 사회부를 오가며 일을 배웠다. 이 시기를 넘기면 좀 쓸 만한 중견 기자로 대접받게 된다. 소위 밥값을 하게 된다. 기사 쓰는 재미가 붙고 출입처 사람들과도 제법 잘 어울렸다. 나이도 30대를 훌쩍 넘어서 인간적으로도 성숙해지는 시기였다.

세월은 가고 선배보다 후배가 훨씬 많아지면 다시 제2의 고비가 찾아온다. 데스크, 즉 책상에 앉아 있는 시간이 많은 부장이 되면서부터이다. 2003년 3월부터 만 5년 사회부장을 했다. 다행히 유능한 후배들이 잘 따라주면서 큰 잘못 없이 소임을 다할 수 있었다. 전국 기자 가운데 이달의 기자상, 한국기자 상 등 가장 많은 기자 상을 받은 후배 기자도 나왔다.

물 먹고, 먹이는 일이 매일 되풀이 되는 사회부 기자는 일반인이 상상하기 힘들 정도의 직업적 스트레스를 받는다. 놀아도 노는 게 아니다. 그런 기자들과 일하는 부장도 마찬가지다. 신경이 날카롭고 위장병에 시달린다. 술을 더 먹게 되니 몸과 마음 모두 상황이 더 나빠진다. 만 3년 사회부장을 하고 편집국장에게 이제는 더 할 힘도 능력도 없으니 아무 곳이나 발령을 내달라고 했다. 그러나 그러고도 만 2년을 더 했다. 이후 정치부장을 거쳐 마흔일곱의 나이에 편집국장을 맡았다. 고혈압에 콜레스테롤에 혈관 약을 상복하게 됐다.

기자로서 나름의 원칙이 있다. 술자리에서 후배들에게 가끔 전하는 얘기다.

첫째, 현장을 꼭 챙겨야 한다. 현장을 보고 쓴 기사와 보고서만 보고 쓴 기사는 다를 수밖에 없다. 현장에 가지도 않고 마치 다 아는 것처럼 기사를 쓰는 건 자신과 독자를 속이는 짓이다. 오보의 가능성도 그만큼 커진다. 사건·사고 현장에 가야 할지 말지 고민될 때는 무조건 달려가야 하는 게 취재기자다.

둘째, 팩트fact를 정확히 꼼꼼하게 챙겨야 한다. 이를 벗어난 기사는 왜곡됐거나 오보일 가능성이 크다. 사실을 제대로 챙기지 못하면 허구를 보도하게 된다. 그건 소설가들이 할 일이다. 기자는 사실만 전달해야 한다. 자신의 주관을 끼워 넣으면 안 된다. 판단은 독자들 몫이다. 자신의 주장과 의견은 데스크 정도 돼야 가능한 일이다. 평기자 시절에는 그저 사실만 보고 사실만 전달하면 된다.

셋째, 기자이면서 인간이 돼야 한다. 출입처에서 갑 대우를 받는다고 늘 갑으로 살 수 있는 인생이 아니다. 사람을 만날 때 가슴을 열지 않으면 얼굴과 마음이 따로 놀게 된다. 출입처 바뀌면 연락도 하지 않는 사이가 된다. 그러다 기자 생활 끝나면 관계망이 다 끊기게 된다. 기자와 출입처 사람인 관계라도 오래갈 수 있고, 자연인으로서도 계속 만날 수 있다.

부전자전, 나도 자식에게 공부하라 안 해

1994년 7월 5일 아침, 집 전화에 불이 났다. 벨은 계속 울렸지만 일어날 수 없었다. 새벽까지 퍼부은 술로 머리가 띵했고, 속은 뒤집혀 있었다. 오전 8시가 넘어서야 전화를 받았다. 처형은 아내가 출산했다고 했다.

9시 30분이 지나서야 서울 강남에 있는 산부인과에 도착할 수 있었다. 집사람은 침대에 누워 자고 있었고, 처형은 별말이 없었다. 사우나를 하겠다며 병원을 나섰는데 딸이 아닌가 하는 생각이 들었다. 처형이 아들인지 딸인지 말을 하지 않은 게 마음에 걸렸다. "딸이면 어때", 혼자 중얼거리며 사우나를 하고 해장국을 먹고 병원에 돌아왔다. 그때야 처형이 아들이라고 했다. 아내는 화가 났는지 말도 하지 않았다.

3일 뒤 다시 병원을 찾아 아기를 처음 보기 위해 신생아실에 갔다. TV를 보며 기다리고 있는데 붉은 자막이 떴다. '김일성 사망'. 처음에는 믿어지지 않았다. 당시에는 사망설이 심심치 않게 보도되던 때였다.

아이를 처음 봤을 때 어마어마하게 놀라거나 기쁘거나 하지 않았던 것 같다. 그냥 저 아이가 내 아이구나 하는 정도였다. 정상이라는 간호사 설명을 듣고 안심이 됐다.

아들 둘을 뒀다. 한 살 터울 연년생이다. 아들 둘은 '목 메달'이라고 한다. 어렸을 때는 아빠에게 잘도 안기더니 크면서 거리가 멀어지고 말 수도 줄어든다. 아내와 싸우는 빈도가 잦아지고 나중에는 그마저도 심드렁해진 듯하다. 집에 온 식구가 다 모여도 조용하다. 애들은 자기 방에서 컴퓨터 보고 우리 내외는 TV를 본다. 외식을 하러가도 대화가 적기는 마찬가지다.

자기 일은 알아서 하는 큰 애 성철이에게는 별걱정을 하지 않는다. 멀리 광주광역시에서 학교에 다니고 있지만, 크게 신경을 쓰지는 않는다. 중학교 3학년 2학기 때는 성철이가 미국으로 가서 1년간 공부했다. 미네소타주 중학교였는데 또래 남자애가 있어서 영어 회화를 배우는데 큰 도움을 받았다고 했다.

성철이가 지냈던 가정은 미국 중산층의 전형이었다. 아빠는 이탈리아계 출신으로 은행원이었다. 엄마는 오전에만 제과점에서 아르바이트하는 주부였다. 2남 2녀를 뒀는데 9살짜리 막내아들은 한국에서 입양했다고 한다. 놀라운 건 그 아이는 발달장애ADHD였는데 이런 사실을 알고도 입양했다는 거다. 성철이를 잘 돌봐줬는데, 아쉬운 건 영어 회화가 서툴러 직접 대화하지 못했다는 점이다. 돌아오기로 한 일정을 1주일 연기했는데 알고 보니 큰 누나 결혼식에 꼭 참석해야 한다며 미국 가족이 아들의 출국을 미뤘다는 것이다. 끝까지 아이를 보살피는 미국 가정의 따뜻한 마음이 느껴졌다.

홈스테이로 미국에 간 한국의 학생 상당수는 그냥 남는다는데 성철이는 귀국을 택했다. 사립학교로 진학하게 되면 교육비 부담이 만만치 않다는 사실을 알고 있었던 것 같다. 미국에서는 공부만 해서는 명문대에 갈 수 없다는 것도 귀국을 결심하게 된 이유였다고 했다. 성철이는 이후 영어 과외는 받지 않았다. 시험 운이 나빠 힘들어했지만 3수를 해 원하는 학과에 진학했다. 수능 점수가 발표되는 날 기뻐서 소리치며 울었던 모습을 잊을 수 없다. 우리 가족이 잊을 수 없는 멋진 날이었다.

둘째는 중학교 1학년 이후 10년째 컴퓨터 게임에 빠져 산다. 3수를 해서 겨우 수도권 대학에 합격했다. 공익근무를 하고 있는데 여전히 게임을 즐긴다. 아내는 걱정이 태산이다. 혼내기도 하고 달래기도 한다. 그래도 막내는 그만둘 생각이 없나 보다. 나는 너무 긍정적인지 몰라도 걱정이 안 된다. 커가는 과정이고, 결국은 현실과 맞서게 될 것이라고 낙관한다.

막내의 유머 감각은 주위를 즐겁게 한다. 큰 장점이다. 막내가 초등학교 고학년 때 일이다. 술에 취해 집에 갔는데 잠자리에 들지 않고 거실에서 놀고 있었다. 기억은 나지 않지만, 꾸중했다고 한다. 그러고는 방에 들어가 잠이 들고 말았다. 다음날 아내가 전하는 말에 헛웃음이 나왔다. 내가 방에 들어가자 막내가 아내에게 그랬다고 한다.

"아빠 오늘 뭐 잘못 먹었어, 왜 안 하던 말을 해?"

막내가 스무 살 때 재수 시절이다. 새벽 6시에 들어온 막내는 제 몸을 가눌 수 없었고, 술 냄새가 진동했다고 한다. 들어오자마자 화장실로 가 소변을 보고 나오는데 아내가 "너, 술 마셨어, 웬 술을 이렇게 많이 마셔?"라고 나무랐다. 그러자 막내는 "뭐 어쩌라고!" 하면서 방으로 들어가 버렸다. 그러고는 이불에 토를 하고는 잠이 들었다. 그날 아내와 처형은 이불 빨래를 하고 집 안 청소를 하느라 바빴고, 아들은 학원도 가지 못했다.

아버지는 고등학교 졸업식에도 오지 않았다. 대학교 입학식에도 큰아버지가 대신했다. 큰아버지는 학교 앞 중화요리 집에서 점심을 사주고 용돈을 준 뒤 내려가셨다. 대학 졸업식 때는 아버지가 오셨다. 취업도 못 해 마음이 무거웠는데, 아버지는 학사모를 쓰고 기뻐하셨다. 그날 온 가족이 모여 회식했다. 규모가 크고 고급스러운 갈빗집이었다. 아버지는 내게 술을 따라 주면서 고생했다고 격려해 주셨다. 무섭기만 했던 아버지가 가깝게 다가왔다. 아버지는 말이 아닌 마음으로 자식 사랑을 표현한 상남자였고 옛날 가부장이셨다. 아버지는 한 번도 공부하라고 하지 않으셨다. 부전자전이다. 나도 아이 둘에게 공부하라고 하지 않았다. 공부는 하라고 해서 하는 게 아니라 스스로 해야 한다고 느껴야 한다는 게 지론이다. 둘 다 3수를 시켰고, 경제적으로 힘들었지만 무탈하게 자란 것만도 다행이다.

'무엇이 되는가보다 어떻게 사느냐'가 더 중요하다. 삶의 의미는 명예와 권력과 돈만이 아닐 것이다.

두 아이에게 꼭 하는 말이 있다. 농담 반, 진담 반이다. 결혼은 해도, 안 해도 좋다. 선택은 너희 몫이다. 다만, 결혼해서 아이를 낳게 되면 너희 스스로 키우라고 한다. 구체적으로는 명절이든 휴가철이든 집에 온다면 24시간 이내에 돌아가라. 반드시 아이들을 데리고. 집사람은 괜한 소리를 한다고 핀잔을 준다. 아마도 가지 말라고 할지 모른다고. 더 살아봐야겠지만 아직은 내 생각을 바꾸지 않았다.

5부
"내게 진 빚은
네 자식에게 갚아!"

막내 홍헌표1968년생는 바로 위 정표와는 5년 터울이자 6남매의 막내로 태어나 부모님과 형제들의 사랑을 독차지하며 자랐다고 기억한다. 가난 속에 살았던 형들과는 달리 집안 형편이 나아져 잘 먹고 잘 자랄 수 있었단다.

공부를 잘해 고등학교는 대도시인 수원에서 다녔지만, 친구들과 어울리느라 대입에 실패했다. 재수해서 대학교에 들어갔으나 성에 안 차 한 학기만 마치고 부모 몰래 그만두었다. 삼수로 숭실대 정외과에 입학해 1학년 때 군에 갔고, 제대 후 복학했다. 1996년 졸업 후 '코오롱메트라이프'에 입사해 대출 업무를 담당했으나 갈 길이 아니라고 판단, 1년 만에 사직하고 애니메이션을 배우기 위해 일본으로 떠났다.

아르바이트하며 어학원에 다녔고, '동경커뮤니케이션아트'에서 2년간 공부했다. 유학생이라고는 자신뿐이었지만 열심히 공부했고, 졸업 후인 2000년 봄에는 '그룹 타크G·TAC'라는 일본의 중견 애니메이션 제작 회사에 외국인으로서는 처음 입사해 10년간 일했다. 이 회사 근무하던 중 어머니 건강이 걱정돼 한국의 협력업체 파견 형식으로 귀국했다. 이때 일본에서 만난 지금의 아내와 결혼했다.

귀국 후에 홍익대 영상대학원을 마쳤고, 현재까지 창작 애니메이션 감독으로 왕성하게 활동 중이다. 《터닝 메카드》,《엘리먼트 헌터》,《탑 플레이트》,《블랙 미러의 복수》 등이 대표작이다.

음식 맛있으면 어머니 생각 되살아난다

어린 시절을 돌이켜보면, 뭔가 떠들썩하고 재미있었다는 느낌이다. 한 사람의 행복감을 결정짓는 데에는 여러 조건이 따른다. 이 중에서 어린 시절 추억이 어떠한지도 행복감을 좌우하는 큰 요소로 작용한다. 이런 뜻에서 나는 참 행복한 어린 시절을 보냈다. 시골 곤지암에서 친구, 많은 형제, 부모님과 함께 쌓은 여러 좋은 추억은 지금의 내 정서를 만드는 밑바탕이었다.

나는 4남 2녀의 막내, 늦둥이다. 큰형과는 무려 15살 차이가 난다. 바로 위 정표 형도 나보다 다섯 살 위이다. 형과 누나들이 다리 밑에서 주워왔다고 놀렸는데, 나는 정말 그런 줄 알고 꽤 심각하게 믿었던 기억이 난다. 하지만 막내인 나는 아버지와 어머니의 사랑을 독차지하는 특권인 누렸고, 형과 누나들은 나이 차이가 나는 나를 귀여워하고 아껴주었다.

국민학교에 들어간 나는 꽤 공부도 잘하고 운동도 잘하는 우등생이었다. 방학식에서 받은 성적표와 우등상장을 들고 달려가면 엄마는 기뻐하시며 용돈을 주시곤 하셨다.

봄에는 엄마와 나물을 하러 산과 들에 다녔다. 가을에는 도토리, 밤을 따러 산에 함께 돌아다녔다. 많지 않은 논밭에 일정한 수입도 보장돼 있지 않은 아버지 직업으로 얼마나 힘드셨을까, 4남 2녀를 가르치고 먹이고 입힐 수 있었던 것은 부지런함 덕분이 아니었나 싶다.

어릴 적 아침에는 늘 엄마의 도마 위 칼질 소리로 선잠이 깼다. 매일 아침밥과 형·누나들의 도시락을 준비하고, 때가 되면 집에서 두부·도토리묵·엿·술 등의 음식을 손수 만드셨다, 엄마는 음식 솜씨가 좋았다. 김이 모락모락 나는 두부, 탱글탱글한 도토리묵, 겨울에 먹는 엿, 그리고 청국장, 된장찌개, 동태찌개 등의 맛은 지금도 잊을 수 없다. 음식을 잘하는 집에 들어가면 어머니를 향한 그리움과 추억이 되살아나곤 한다. 특히, 지금도 기억에 생생한 음식 중에 보쌈김치가 있다. 김장철이면 늘 엄마는 보쌈김치를 하셨고, 겨우내 땅에 묻었던 그 보쌈김치를 꺼내 내놓곤 하셨는데, 그 맛이 일품이었다.

아버지는 반찬거리를 자주 사 오셨다. 특히 돼지고기나 소간, 지라 같은 내장, 도가니나 족발 같은 보신용 음식이 많았다. 아버지는 항상 말씀하시기를 먹는 것에는 돈을 아끼지 말라고 하셨다. 그래서인지 어린 나이에도 다양한 음식을 접할 수 있었고, 지금도 가리는 음식이 거의 없다. 아버지 덕분이다.

국민학교 때 가장 큰 걱정은 엄마의 건강이었다. 정확히 몇 살 때인지는 기억이 희미하지만, 외할머니가 오셔서 한동안 계셨던 적이 있었다. 어머니가 입원하고 개복수술을 하셨기 때문이다. 어렸지만, 돌아가시지는 않을까 하고 걱정을 많이 하고 불안했다. 다행히 어머니는 퇴원하셨다. 형이었는지 누나였는지, 걱정하는 나에게 "네가 엄마 어깨보다 키가 더 커질 때까지는 괜찮을 것"이라고 말했다. 이 이야기를 들은 후부터는 방과 후 친구들과 놀러 가기 전에 반드시 어머니 어깨에 내 키를 재 보곤 했다. 내 걱정을 아시는지 어머니도 웃으며 나와 키를 재셨다.

"내 부모 욕하는 놈은 용서할 수 없다"

내가 중학교에 진학 할 때쯤 우리 집은 옛집을 헐고, 새로운 집을 짓기 시작했다. 면허가 있거나 특별한 기술이 없었던 아버지는, 집안 살림을 위해 시공업체에서 작은 일을 하청받아 일하셨다. 그 경험으로 집을 지으셨던 것이다. 우리는 새로운 집을 지을 동안 앞집 진미네 방을 빌려 살았다.

광주동중학교, 지금은 곤지암중학교로 바뀌었지만, 내가 다닐 때의 학교 이름이다. 인근의 7개 국민학교 출신이 모이는 중학교였다. 어머니의 손을 잡고 검은색 교복을 맞추러 갔던 일이 생각난다. 당시 광주동중학교는 한 학년이 4개 반으로 구성돼 있었다. 남학생 2개 반, 여학생 2개 반으로 학생 수가 260여 명이었다. 그러니까 한 반에 평균 65명으로, 흔히 하는 말로 과밀 학급이었다.

첫 번째 중간고사 때 아버지는 나를 부르셨다. "이번 중간고사 때 1등을 하면 손목시계를 사주시겠다"고 하셨다. 당시만 해도 손목시계를 한 친구가 그리 많지 않았다. 그랬으니 손목시계는 꼭 갖고 싶은 것 중 하나였다. 열심히 공부했고 중간고사에서 당당히 전교 1등을 했다. 그때 좋아하시던 아버지의 모습은 지금도 눈에 선하다. 그 이후로 아버지의 기대가 한층 높아졌고, 나는 이에 부응하기 위해 더 열심히 공부했다.

아버지는 관공서에서 발주하거나 개인이 부탁하는 작은 일을 맡아 홍수대비 보를 만들거나 작은 다리를 놓는 토목공사를 하셨다. 공사가 집 근처에서 이루어지면 어머니는 일하는 인부를 위해 식사를 준비해 나르셨다. 형들은 공사 일을 직접 돕기도 했지만, 나는 나이가 어려 어머니를 도와 막걸리와 빵 위주의 새참 나르기 심부름을 주로 했다.

아버지는 늘 걸어 다니셨다. 자동차 면허는커녕 자전거도 타지 않으셨다. 근처의 동네고 어디고 대부분 걸어 다니셨다. 그래서인지 늘 다리가 아프다 하셨고 나는 아버지가 집에 오시면 다리를 주물러드리곤 했다. 술을 드시고 오시는 날이면, 아버지의 다리를 주무르면서 1·4후퇴 때 이야기부터 여러 가지 고생하신 일을 거의 외울 정도로 듣곤 했다.

나는 아버지가 더 좋은 교육을 받으셨다면 분명 큰일을 하셨을 분이라고 믿는다.

"남자는 당당해야 한다."

아버지는 자주 이 말을 강조하셨다. 실제로 아버지 자신도 호탕하고 당당하셨다. 나도 이 말씀을 새겨 그렇게 살아가려고 노력한다.

집을 짓는 데 몇 개월이 걸렸고, 어머니와 나도 틈나는 대로 벽돌을 나르기도 하고 식사를 준비하면서 열심히 심부름했다. 드디어 완성된 새집으로 이사하는 날, 아버지는 집들이를 겸한 동네잔치를 벌이셨다.

그때 기뻐하시던 어머니 모습이 지금도 눈에 선하다.

곤지암 집은 아버지의 노력과 어머니의 정성이 깃든 집이다. 지금도 시골에 내려가면 그 모습 그대로 있다. 세월이 흘러 비록 집은 매우 낡았지만, 옛 생각을 선명하게 해주는 유산이자 가보이다.

중학교 때, 한번은 친구와 심하게 싸운 적이 있다. 그때 이후로 지금까지 누군가와 주먹질을 해 대며 심하게 싸워 본 적은 없다. 사건의 발단은 어머니가 뭔가를 전해주기 위해 학교에 찾아오셨고, 그걸 본 동급생이 할머니 오셨다고 놀렸기 때문이다. 어머니가 나를 늦게 낳아 다른 엄마들보다 나이가 꽤 많으셨다. 겉보기에는 친구들이 그렇게 부를 만했다. 하지만 난 치밀어 오르는 화를 참지 못하고 그 친구에게 주먹을 휘두르며 맹렬히 싸웠다. 예나 지금이나 다른 건 잘 참아도 부모를 욕하는 것은 참을 수 없는 게 나뿐만은 아닐 것이다. 하지만 이 사건을 제외하고는 싸운 적이 없다. 3년 내내 우등생으로 중학 시절을 보냈고, 이 시절이 내 삶에서 가장 걱정 없고 행복한 시절이 아니었나 생각된다.

철없던 고교 시절, 그러고 재수·삼수까지…

중학교를 우수한 성적으로 졸업한 나는 수원에 있는 고등학교로 진학했다. 처음으로 부모님 곁을 떠나 생활하게 되자 해방감과 도시의 화려함에 취해 공부보다는 친구와 어울려 노는 데 정신이 팔려있었다. 지금 생각해보면, 고등학교 시절이 사춘기의 절정이었던 것 같다. 삶에 대한 불안감, 이성에 대한 호기심, 성적이 오르지 않는 것에 대한 패배감이 혼재되어 있던 시절이었다. 그때는 무엇보다 우정이 중요했고 친구와 고민이나 즐거움을 나누는 것이 중요하다고 생각했다. 그렇게 3년을 보냈다. 아버지께서는 나를 위해 물심양면으로 지원해주셨지만, 나는 결국 이에 대한 보답을 못 하고 재수의 길을 걷게 되었다.

시골에서는 자식이 잘되는 것, 말하자면 좋은 대학이나 버젓한 직장에 가는 것을 큰 자랑으로 여긴다. 지금도 가끔 시골 고향에 가면 누구누구 자식이 어느 대학 갔다는 플래카드를 발견하곤 한다. 그런 의미에서 그때의 나는 참 면목이 없었고, 의기소침해 있었다. 곤지암에서 마장동까지 시외버스를 타고 재수학원에 다녔는데, 아침밥과 점심 도시락을 해주시는 어머니에게 얼마나 죄송했는지 모른다. 큰 부담감과 알 수 없는 패배감. 돌이켜보면 심적으로 가장 힘든 시기였던 것 같다.

어머니는 말씀하셨다.

"알아서 해, 네 인생이야."

난 부모님께 공부 좀 하라는 말을 들어 본 적이 없다. 아버지도 어머니도 묵묵히 나를 지원해 주셨을 뿐, 공부하라는 말은 안 하셨다. 나 또한 나도 모르게 "알아서 해, 네 인생이야"라는 말이 무심코 자식을 향해 튀어나올 때가 있다.

재수해서 경기대에 진학했다. 고등학교가 수원에 있었기에 친구들 사이에서는 수원에 있는 대학에 진학하는 것을 최악으로 생각했다. 나역시 경기대가 맘에 안 들었다. 반년 다니다가 아버지 몰래 휴학계를 제출했다. 그러고는 등록금으로 주신 돈으로 서울에 가서 하루 5000원짜리 장기 투숙할 수 있는 여관을 잡고 재수하는 동네 후배와 삼수를 시작했다. 그런데 삼수를 시작한 지 한 달쯤인가 집에서 연락이 왔다. 아버지가 휴학하고 다시 공부한 것을 아신 것이다. 당장 내려오라는 전갈이 왔고, 난 죽었다고 생각했다.

집에 내려가 무릎을 꿇은 내게 아버지가 말씀하셨다.

"왜 말도 하지 않고 네 맘대로 해, 그 돈은 네 것이 아니야."

심하게 꾸중하셨다. 이에 나는 어린 마음에 돈 이야기가 나오니까 좀 치사하시다는 생각이 들어 아버지께 대꾸했다.

"아버지, 돈은 갚겠습니다."

그러고는 뛰쳐나가 버렸다. 그러고는 실제로 얼마 후 돈을 마련해 아버지께 드렸다. 물론, 아버지가 여전히 그 일을 문제 삼지는 않으셨다. 다시 돈을 돌려주며 이왕 그렇게 된 일, 열심히 하라고 하셨다. 그러면서 "나한테 진 빚은 네 자식에게 갚으면 된다."고 말씀하셨다. 굉장히 죄송스럽고 고마웠다. 꼭 합격하겠다고 말씀드렸다.

　열심히 공부한 덕분에 학교를 숭실대로 옮기게 되었다. 아버지가 학교까지 직접 오셔서 "학교 괜찮네." 하셨다. 아버지는 더 좋은 학교를 생각하셨겠지만, 그런대로 만족하신 것 같았다. 혼란스러웠던 고등학교 시절, 재수와 삼수 기간. 그 긴 터널을 빠져나온 것 같은 마음에 나도 안도감이 들었다.

"아버지 같은 아버지가 되겠습니다"

대학을 옮기고 새로운 생활을 막 시작하려던 때, 영장이 날아왔다. 아버지는 연기하라고 하셨지만, 나는 어차피 갈 군대라면 갔다 오자는 마음에 휴학계를 냈다. 부모님께 인사를 드리고 논산으로 가는 도중에 나온 'Don't worry be happy'라는 팝송은 지금도 귓전을 울린다. 논산 28연대에서 신병 교육을 마치고, 춘천교도소 경비교도대로 배치받아 자대 생활을 시작했다. 세월이 지난 지금은 경비교도대 자체가 없어졌다.

교도소의 잡무를 보조하는 일이 내 임부였다. 훈련은 없지만, 내무군기가 센 부대였다. 자유롭지 못한 공동생활, 팔도에서 모인 낯선 사투리의 선임들…. 야간 근무에 늘 잠이 부족했던 초년병 시절은 그야말로 괴로운 나날의 연속이었다.

아버지는 형들에게는 한 번도 면회하지 않으셨다고 한다. 하지만 나이 드시고 늦게 본 늦둥이가 걱정스러우셨는지 나에게는 어머니와 함께 먼 춘천까지 오셨다. 군기가 바짝 든 이등병경비교도대에서는 이교라고 한다의 인사를 받으신 부모님의 표정에는 안쓰러움이 가득했다.

외출증을 끊어 외출할 때 소대장을 함께 모셨다. 그는 군인이 아니라 교도관이었다. 아버지는 나를 데리고 외곽의 고깃집에 가서 소대장에게 술과 고기를 대접해 주셨다. 그러면서 나를 잘 살펴달라고 부탁도 하셨다. 취기가 오르자 아버지는 노래를 부르기 시작하셨다. 구성진 노래를 마치고는 어머니에게도 노래 한 곡 하라고 권하셨다. 모르는 소대장 앞에서 노래한다는 건, 어머니로서는 굉장히 난감한 일이었을 텐데, 기꺼이 노래하셨다. '연분홍 치마가 봄바람에 휘날리더라'로 시작되는 백설희의 〈봄날은 간다〉1953년 발표였다. 내가 들은 어머니의 처음이자 마지막 노래였다. 나는 이때 말고는 어머니가 노래하시는 걸 본적이 없다. 음치는 아니지만 그리 잘 부르는 노래는 아니었는데, 늦둥이를 위해 큰 용기를 내어 노래 부르셨던 어머니, "정말 고마웠습니다."

시간이 흘러 나도 어느새 선임자가 되고 말년휴가까지 갔다 온 어느 날이었다. 비보가 전해졌다. 아버지가 교통사고로 돌아가셨다는 전갈이었다. 급히 곤지암으로 향했고 우리 집은 초상을 치르고 있었다. 주체할 수 없는 눈물이 흘렀고 갑자기 돌아가신 아버지를 생각하며 통곡했다. 부모님이 돌아가셨다는 것은 굉장한 충격이었고, 나에게는 큰 산과 같은 아버지의 부재가 남은 군 생활을 굉장히 우울하게 했다. 그나마 제대가 얼마 안 남았기에 망정이지 군생활 초기라면 어땠을지 지금 생각해도 아찔하다.

아버지는 무뚝뚝하지만, 정이 많으셨다. 잔소리도 별로 없으셨다. 나에게는 늘 묵묵히 그늘 드리우며 시원한 바람을 지원하는 거목 같은 존재였다. '당당하게 살아가라'고 말씀하셨던 아버지, 실패했을 때도 꾸짖기보다 다시 일어설 수 있게 손을 내미셨던 아버지, 나도 아버지 같은 아버지가 되려고 한다.

신났던 대학 시절과 재미없는 회사 생활

제대 후 대학 1학년으로 복학했다. 92학번들과 같이 다니게 되었는데, 동기들이 복학하기 전까지는 같은 과 새내기보다는 고등학교 동기와 친하게 지냈다. 지금 생각하면 다 고만고만한 나이인데도 어린애들 같았기 때문이다.

돌아보면 대학 4년 때가 가장 자유롭고 걱정 없이 보낸 시기가 아니었나 싶다. 3학년 때부터 어머니가 서울로 올라오셔서 전셋집을 얻어 돌봐주셨다. 나는 그때 3학년에 복학한 과 친구들과 정신없이 놀았다. 매일 술을 마시고 늦게 들어왔다. 이런 나에게 어머니가 잔소리하는 것은 당연한데, 어느 날 나는 시골에 내려가시라고 철없이 어머니 가슴에 못 박는 말을 뱉은 적도 있다. 지금 생각해도 너무나 죄송하다. 뭐 그런 일이 있기는 했지만, 어머니가 해 주시는 밥상을 받으며 자유를 만끽한 대학 시절은 즐거웠다. 어머니도 서울에서 사는 것이 좋으신 듯했다. 주위의 아주머니들과 친분을 쌓고 여기저기 놀러 다니면서 맛있는 것도 드시고 행복해 보이셨다. 이때가 어릴 적을 빼고 어머니와 가장 친밀하게 지냈던 시절이었을 듯하다.

대학 4학년 2학기였다. 사회에 나가기 위해 모두 취업을 준비하고 공부에 힘쓰고 있었다. 이런 같은 과 친구들을 보며 나도 막연하게 취업을 생각했다. 때마침 학과 사무실에 기업에서 보내온 입사 지원서가 들어와 있었다. 이력서를 작성해 제출했는데 1차 합격 통지를 받았다. 이어서 2차, 3차 시험에도 합격했다. 쉽지 않다는 취업을 단번에 성공한 것이므로 기분이 좋았다. 입사할 회사는 코오롱그룹 계열사인 '코오롱 메트라이프'였다. 취업을 걱정하셨던 어머니도 합격 소식에 굉장히 좋아하셨다.

취업에 성공한 상태에서 맞는 졸업식은 그야말로 잔치 분위기였다. 어머니, 형수, 누나들이 졸업식에 참석해 모두 축하해 주었다. 하지만 축하를 한몸에 받으면서도 돌아가신 아버지 생각이 나 많이 났다. 바로 위 형인 정표 형의 대학 졸업식 때 부모님을 따라 함께 간 적이 있다. 졸업식 후 가족끼리 고깃집에 가서 식사했는데, 그때 아버지가 형을 불러 술을 한잔 주셨다. 이제 사회인으로, 한 사람의 성인으로서 인정한다는 의미였다. 그 모습을 보며 '나도 대학 졸업하면 아버지께 술을 한잔 받을 수 있겠구나' 기대했었다. 하지만 불의의 사고로 일찍 돌아가신 아버지는 내 졸업식에 못 오셨다. 등록금을 직접 내기 위해 학교에 오셨던 아버지를 떠올라 가슴 한구석이 울컥했다. 조금 더 사셨다면……

코오롱메트라이프에서 시행하는 연수를 마치고 이 회사 오류동지점에 배속받았다. 내가 맡은 업무는 대출이었다. 첫 월급을 타 어머니를 모시고 고깃집에서 저녁을 사드렸다. 그리고 감사하다고 인사드리면서 용돈을 건넸다. 늘 받기만 했던 내가 어머니를 위해 뭔가를 해드릴 수 있다는 기분에 뿌듯했다. 어머니는 무척 좋아하셨다. 하지만 이것도 잠시, 나는 또 어머니께 걱정을 끼치게 했다.

회사생활이 익숙해질 즈음이었다. 도무지 신이 나지 않았다. 그러기는커녕 점점 회의감이 들기 시작했다. 동료들과 잘 지냈고 업무도 충실히 수행했기에 큰 어려움은 없었지만, 늘 마음 한편에 나에게 맞지 않은 옷을 입은 듯 불편했다. 막내로서 한껏 자유롭게 살던 내게 회사원 삶은 만족감이 떨어졌다. 이건 내가 살고자 했던 게 아니라는 생각이 자꾸 들었다. 내가 잘할 수 있고, 하고 싶은 것은 무엇이었는지 깊이 생각하기 시작했다.

어릴 적부터 나는 미술에 재능이 있다는 얘기를 많이 들었다. 나도 미술 분야에 관심이 많았고, 특히 애니메이션을 좋아했다. '그래, 그거야.' 애니메이션 감독이 되어보고 싶었다. 어머니께 이런 전했더니 걱정부터 하셨다. 안정된 좋은 직장을 그만두고 외국으로 유학하겠다니, 그러실 만했다. 나로서도 모험이었지만, 어머니를 설득해 꼭 내가 하고 싶은 일을 하고 싶다고 강조했다. 결국, 어머니도 한번 해보라고 허락하셨다.

힘겨운 유학, 서른셋에 다시 신입사원

지금 생각해보면 일본 유학 결심은 과감하기는 했지만, 다소 무모함도 따르는 새로운 도전이었다. 일본어를 전혀 몰랐던 터라 우선 일본어학교에 등록하고, 일본에 대한 정보를 유학원을 통해 알아보았다. 쉽지는 않겠지만, 해볼 만하다는 생각이었다.

일본으로 떠나던 날, 어머니는 내 손을 꼭 잡고 하염없이 눈물을 흘리셨다. 머나먼 낯선 이국으로 떠나는 막냇자식에 대한 걱정이 크셨을 것이다. 그런 어머니를 뒤로 한 채 비행기는 일본으로 향했다. 일본의 어학원 기숙사에 도착해서는 먼저 같은 방을 쓸 룸메이트들과 인사를 나누었다. 1997년 4월이었다. 낯선 일본 생활의 시작, 벚꽃처럼 화사한 봄날이 인생을 어떻게 장식해줄지 나 역시 설다.

어학원과 기숙사가 있던 하라주쿠는 일본에서도 젊음의 거리로 유명한 곳이다. 일요일이면 자동차 통행을 막는다. 거리에는 이상한 옷차림(코스플레이)을 한 무리가 춤추고 공연한다. 우리나라와는 문화가 많이 달라 좀 충격이었다. 당시 환율은 1엔당 760원 정도여서 어머니께서 보내주신 돈으로 충분히 생활할 수 있었다. 3개월 정도는 아르바이트하지 않고도 어학원과 도쿄 명소를 찾아다니며 시간을 보낼 수 있었다. 대학 때의 자유로운 나로 돌아간 것처럼 도쿄 생활을 즐겼다. 물론, 국제전화로 어머니와 자주 통화도 했다. 하지만 계속해서 놀기만 할 수는 없었다. 초급반부터 일어 공부를 시작한 나는, 어학원 수업이 끝나면 아르바이트를 하기로 했다.

운이 좋았다. 커피숍과 선술집을 같이 하는 아주 괜찮은 가게를 아르바이트할 곳으로 소개받았다. 일본어가 능숙하지 않은 상태에서 일본어를 해야만 하는 곳에서 아르바이트를 시작한다는 것은 굉장한 행운이었다. 열심히 일했다. 말이 서툴러 실수도 잦고, 그래서 혼이 나기도 했다. 하지만 열심히 사는 내 모습을 본 가게 사람들은 따뜻하게 대해 주었다. 직장 경험도 있고, 나이도 만만찮고, 연로하신 어머니 지원을 받고 있던 나로서는 목표했던 바를 이루기 위해 발버둥 쳤던 것인데, 그들에게 좋아 보였던 것이다.

어학원에서 중급까지 마치고, 애니메이션 전공을 위해 전문학교에 진학했다. 'TCATokyo Communication Art'라는 전문학교는 우리나라로 보면 전문대학에 해당한다. 학비가 꽤 비쌌다. 아르바이트로 생활비는 벌고 있었지만, 등록금까지는 내기가 어려웠다. 할 수 없이 어머니께 손을 벌려야 했다. 말을 꺼내기가 참으로 어려웠다. 마침 우리나라에 IMF 시대가 시작돼 국가적으로도 환란이라 할 만큼 어려울 때였다. 대학 친구 이야기를 들어보면 막연하게 일본에서 생각하는 것보다 훨씬 심각했다. 대기업이 연이어 도산하고, 많은 실업자가 생기고, 국민 모두 큰 아픔이었던 데다가 환율이 너무 치솟아 귀국하는 유학생도 많은 시기였다. 2배 가까이 오른 환율 때문에 어머니도 등록금을 다 내주지는 못하셨다. 나머지는 아르바이트를 더 해서 내가 충당할 수밖에 없었다. 학비를 다 지원하지 못하셨던 어머니는 크게 걱정하셨지만, 나는 그 정도만으로도 큰 보탬이라며 괜찮다고 말씀드렸지만, 수화기를 통해 전해 오는 어머니의 안타까움은 가슴을 아프게 했다.

돈을 조금 더 벌기 위해 내가 택한 아르바이트는 유흥업소였다. 홀 매니저를 맡았는데, 대단히 힘들고 심적으로도 괴로움이 많았다. 너무 힘이 들면 어머니께 가끔 전화했는데, 목소리를 듣는 것만으로도 내게는 큰 위로가 됐고 버틸 수 있게 하는 힘으로 작용했다. 어느 정도 학비 문제를 해결한 후에는 유흥업소 아르바이트는 그만두고 전에 하던 아르바이트로 되돌아갔다.

2년 동안의 일본 전문대학 생활은 참 힘들고 어려웠다. 애니메이션과는 A, B, C 세 반으로 나뉘어 있었는데 유학생이라고는 나 혼자뿐이었다. 동기들과는 나이도 10년 가까이 차이가 났지만, 아르바이트에 지쳐있어서 사귀기는 어려웠다.

졸업 후에는 그룹 TAC라는 애니메이션 회사에 취직했다. 2000년 봄이었다. 이미 내 나이 서른셋이었다. 다시 사회 초년생이 된 것이다. 취업 소식을 제일 먼저 어머니께 알렸다.

"해냈구나!"

어머니가 무척 기뻐하셨다. 나는 눈물을 흘리며 감사하다고 대답했다.

드디어 애니메이션 연출가가 되다

그룹 타크G·TAC는 약 40년 역사가 있는, 일본에서도 제법 알아주는 중견 애니메이션 제작회사이다. 이 회사 CG 촬영 팀으로 새롭게 신입 사원으로 출발한 나는 낯선 회사 분위기에 적응하려고 부단히 노력했다. 촬영 팀은 밤샘 작업도 많았고 토·일요일 출근도 잦았다. 근무 여건도 최악에 가까웠다. 하지만 나는 애니메이션 연출가라는 꿈을 이루기 위해 참고 또 참았다. 그러면서 틈나는 대로 옆 팀인 연출부 감독들과 이야기를 나누며 어떻게 하면 멋진 연출가가 될 수 있을지 많이 생각했다.

그룹 타크는 외국인을 고용한 적이 없는 회사였다. 내가 처음이었다. 취업이 이루어지기까지 보이지 않는 장벽이 있었던 것도 그래서였을 것이다. 연출가가 되기 위해서는 대략 두 가지 패턴이 있다, 하나는 애니메이터로 인정을 받아 연출가가 되는 것이다. 가장 흔한 예이다. 다른 하나는 제작부로 들어가 연출가가 되는 경우이다. 어느 것도 쉽지는 않다. 나는 틈이 나는 대로 제작부장과 프로듀서에게 찾아가 연출을 하고 싶다고 말했지만, 어려우리라는 것은 나도 모르지 않았다. 하지만 운 좋게 계기가 만들어졌다.

연출하던 사람이 입원하게 됨에 따라 공석이 생기자 회사에서는 나에게 한번 해보라고 허락했다. 드디어 내가 그토록 꿈꾸었던 애니메이션 감독으로서 첫발을 내디딜 기회가 왔다. 나는 기회를 놓치지 않기 위해 모든 것을 걸었다. 지독할 정도로 열심히 일했다. 결과도 좋았다. 이때 인정을 받아 연출부로 옮기게 되었고, 나는 본격적으로 애니메이션 연출을 시작할 수 있었다. 입사한 지 1년 만의 일이었다. 나름대로 열심히 준비한 덕분이지만, 운도 따랐다는 생각이다.

회사에서 어느 정도 인정을 받았을 때, 어머니를 뵙기 위해 곤지암으로 향했다. 그동안 어머니는 많이 늙으셨다. 기력도 떨어지셨다는 걸 대번에 느낄 수 있었다. 내 손을 잡고 지긋이 바라보시던 어머니의 모습이 지금도 생생하다. 일본으로 돌아가서도 자꾸 어머니 모습이 마음에 걸렸다. 더 몸이 안 좋아지시기 전에 온천 여행이라도 해드리고 싶었다. 미리 다 준비해 놓고 연락했다. 하지만 건강은 많이 안 좋아지셨고, 치매 증상까지 있어 여행은 무리라는 대답이었다. 너무나 안타까웠다. 지금도 좀 더 일찍 어머니를 모셔 일본 여행을 함께했으면 얼마나 좋았을까 후회하고는 한다. 여행을 한 번도 함께 가본 적 없는 우리 가족, 그래서 변변한 가족사진도 없는 우리 가족, 큰형 결혼식 때 찍은 사진이 거의 유일하게 온 가족이 모여 찍은 사진이라 더욱 마음이 아프다.

어머니의 건강이 더 나빠지기 전에 한국으로 돌아가기로 했다. 회사에 사정을 말하고 한국에 돌아가겠다고 말했다. 회사는 한국의 협력업체에 파견 형식으로 가라고 배려해 주었다. 참으로 고마웠다.

귀국 후에 찾아뵌 어머니는 많이 쇠약해져 있었다. 정신도 희미해지신 것 같았다. 어머니는 나의 결혼에 대해 걱정하셨고, 결혼하는 걸 보고 돌아가고 싶다고 하셨다. 사귀고 있던 지금의 아내와 결혼을 좀 서둘렀던 이유이기도 하다. 어머니와 가족에게 소개하고 결혼 날짜를 잡았다.

딸 잘 키우는 게 어머니 빚 갚는 일

치매 증상이 악화하는 원인은 여러 가지 있을 것이다. 어머니의 경우에는 잘못된 치과 치료로 이를 잃고 나서 증세가 급격히 나빠지셨다고 한다. 그래서일까, 유전인지는 모르지만, 나도 어렸을 때부터 충치와 풍치로 꽤 고생했다. 그런데 어머니는 이상하게도 치과에서 치료받기를 좋아하지 않으셨다. 국가 면허를 취득한 의사가 운영하는 정식 치과가 아닌, 자격도 없는 의료인에게 치료를 받으셨다. 이런 사람이 몰래 뒷거래하는 것을 흔히 '야매'라고 했었는데, 어머니는 큰엄마와 함께 이곳에서 비전문적인 치료를 받으셨다. 나도 어머니 손에 이끌려 제대 후 광주의 어느 골방에 있는 그곳에서 어금니가 몽땅 뽑혔다. 그야말로 마치 무엇에 홀린 듯 얼떨결에 뽑혔다. 나중에 정식 치과에서 치료받았는데, 어머니가 의사에게 "이를 이렇게 망가뜨리면 어떡하느냐"고 꾸중을 받으셨다. 아무튼, 어머니는 어설픈 시술로 이를 잃으셨고, 그 뒤에 급격히 치매 증상이 심해지셨다고 한다. 정말로 안타깝고 화가 날 일이 아닐 수 없다.

결혼식 날, 예식을 마치고 가족이 모여 사진을 촬영할 때 어머니는 내 옆에 계셨다. 정신이 오락가락하셨던 어머니였지만, 이날만큼은 잠시 정신이 맑아지신 듯했다. 나에게 "큰어머니가 안 오셨네." 하고 말씀하실 정도였다. 어머니 말씀대로 그때 큰어머니가 하필 눈에 바이러스가 생겨 결혼식에 오지 못하셨다. 어릴 때부터 나를 특별히 아껴주시던 큰어머니의 불참을 대번에 알아보신 것이다. 그날 어머니께 "엄마, 제가 결혼하니까 좋으세요?" 하고 물었는데, 어머니는 "그래, 아주 좋다!"라고 말씀하셨다. 하지만 이것은 잠시뿐, 어머니는 금세 병세가 악화해 먼저 집으로 돌아가셨다. 이후 치매 증상이 악화 일로로 치닫고 기력이 떨어지면서 기억력도 점점 사라져 가족을 알아보지 못하시고 말았다.

병원에서 치료를 받으시는 어머니께 찾아가 가끔 문병했지만, 그때마다 점점 야위고 병들어가는 모습이라 가슴이 아팠다. 가끔 큰형한테 어머니가 돌아가실 것 같다는 연락을 받고 급히 달려가기를 몇 차례나 반복했는지 모른다. 더 달려가더라도 살아계시면 좋을 텐데, 어머니는 내가 결혼한 지 6개월이 지난 때 결국 돌아가시고 말았다. 막내인지라 특별히 사랑을 많이 받았고, 대학 때는 서울에서 함께 몇 년간 지내기도 했는데, 어머니에게 가장 걱정을 많이 끼쳤던 나이기에 슬픔이 너무 컸다. 지금도 어머니만 생각하면 가슴이 먹먹해진다.

참 이상한 일은, 어머니가 돌아가시고 1년이 되는 기일에 사랑하는 딸 예원이가 태어난 것이다. 예원이를 볼 때마다 어머니가 주신 선물이라는 생각이 든다. 집사람의 태몽에도 어머니가 황금색 똥을 주고 가셨다고 하니 예원이는 어머니의 사랑으로 태어난 아이임이 틀림없을 것이다.

어머니가 우리를 위해 희생하셨듯 나 또한 예원이를 위해 책임감 있게 잘 키울 것이다. 아버지와 어머니께 받았던 사랑의 빚을 예원이를 통해 갚고 싶다.

'어려운 시대에 힘들게 우리를 위해 사셨던 부모님, 그립습니다. 사
랑합니다.'

자개장롱, 어머니에게는 보물이었지만…

내가 국민학교 다닐 때는 서울에 가는 것이 아주 큰 이벤트였다. 곤지암과 서울이 거리상 그다지 먼 거리는 아니었지만, 교통편이 그리 발달하지 않았던 당시에는 시외버스를 타고 마장동 동서울터미널에서 내려, 다시 서울 시내로 이동해야 했다. 국민학교 때 방학을 이용해 두 번 정도 서울 나들이한 기억이 난다. 한 번은 아주 좋은 기억이었고, 다른 한 번은 그다지 기억하고 싶지 않은 기억이다. 지금까지도 서울 나들이에 대한 기억이 나는 걸 보면, 그만큼 서울에 대한 인상이 어린 나에게는 강렬했던가 보다.

좋은 기억으로는 막내 작은아버지 댁에 놀러 가서 그 댁 가족과 함께 남산타워에 올라간 일이다. 돈가스를 먹고, 사촌인 현옥이 누나와 극장에 가 '해리슨 포드' 주연의 《레이더스》를 보았다.

난 국민학교 때 차멀미가 있어서 장거리 버스 타기를 두려워했다. 포장 상태가 좋지 않았던 당시에는 버스가 꽤 흔들리기도 했지만, 원초적인 원인은 농촌에서 버스 탈 일 없어서였을 것이다. 갑자기 버스를 타게 되면 일어나는 촌스러운 현상, 이 때문에 겁먹었다. 어머니와 함께 둘째 작은아버지 댁에 가는 버스에서 멀미를 느꼈는데, 어떡하든 버스 안에서는 참았다. 하지만 마장동에 내려 급히 약국으로 향했고, 결국 약국에서 그만 토하고 말았다, 그때의 당혹감은 아직도 뇌리에 선명하다. 어머니 또한 당황해서 약국 주인에게 사과하며 얼른 구토한 이물질을 치우셨다.

　간신히 금호동 둘째 작은아버지 댁에 간 나는 큰 이층집으로 기억되는 작은아버지 집이 뭐든지 새롭고 크게 느껴졌다. 특히, 화장실의 양변기는 처음 보는 것이었다. 어떻게 사용해야 할지 몰라 곤란해했던 기억이 난다.

　어머니가 작은아버지 댁에 간 목적은 무엇이었을까? 지금 생각해보면 단순한 친척 방문이라기보다는 뭔가를 받으러 가셨던 것 같다. 조금 지난 후, 그것이 자개장롱이었다는 걸 알게 되었다. 작은집은 금전적으로 꽤 유복했다. 장롱을 교체하려는데, 쓰던 장롱을 우리 집에 주신다고 했던 것 같다. 그 장롱은 나전칠기의 화려한 봉황무늬가 새겨진 것으로 어머니는 굉장히 좋아하시며 소중히 쓰셨다. 지금은 그 장롱이 없지만, TV 속에서 가끔 나전칠기 장인이 만든 화려한 장롱을 볼 때면 장롱이 운반되어 집으로 들어오던 날, 좋아하셨던 어머니의 활짝 웃는 얼굴이 생각난다. 하지만 어머니에게는 소중한 보물로 안방을 차지하고 있었던 자개장롱이 나에게는 좀 씁쓸한 기억으로 남아 있는 물건이었기도 하다.

아버지와 함께 먹은 돼지고기구이가 최고

마흔 줄에 얻은 막둥이인 나를 아버지는 무척이나 귀여워해 주셨다. 옛날 아버지들의 전형적인 모습인 엄하고 무뚝뚝함이 아버지에게도 있었지만, 나에게는 좀 다르셨다. 가끔 나만 데리고 가서 자장면을 사 주기도 하셨는데, 일부러 입가에 짜장을 묻힌 채로 돌아와 형을 약 올리기도 했다. 하지만 아버지와 외출한 것은 거의 없었다. 내 기억에 아버지와 외출한 것은 국민학교 5학년 때인가 추석빔을 사러 이천에 갔던 것이 유일하다. 삼수 끝에 등록금을 내주시러 숭실대에 같이 간 적은 있지만, 뭔가를 사기 위해 외출한 순수한 뜻에서 나들이한 것은 그때가 처음이자 마지막이었다.

이천은 어머니의 친정이었던 곳이다. 철물점을 하는 외삼촌과 쌀가게를 하는 이모네가 있어 이래저래 자주 갔었다. 하지만 아버지와는 처음이었다. 이천에 간 우리 부자는 밥을 먹고 옷을 사러 이곳저곳 돌아다녔다. 어머니와 갔을 때는 좀 더 편안하게 내 의견을 말하고 좀 더 마음에 드는 것을 사려고 조르기도 했지만, 아버지에게는 그러기가 좀 힘들었다. 이 가게 저 가게를 돌며 옷 구경하던 나는 그다지 맘에 드는 옷이 없어서 신발을 사달라고 말씀드렸다. 아버지도 그러라고 하셨다. 시장 몇 바퀴를 돌고 나서야 겨우 마음에 드는 신발이 있어 골라 들었더니 "겨우 신발로 괜찮으냐" 하고 물으셨다. 뭐라도 더 사주고 싶으셨던가 보다. 괜찮다고 하니까 아버지는 시장에 왔으니 맛있는 거 먹자며 돼지고기구이를 파는 음식점으로 나를 데리고 가셨다. 외식이라고 해야 중국집에서 짜장면 먹는 것이 전부였던 나에게 선술집 분위기의 돼지고기구이는 신세계였다. 조금 낯선 풍경이었지만, 돼지고기 익는 냄새는 정말 황홀 지경이었다. 아버지는 돼지고기를 구우면서 술도 한잔 하셨다. 내 기억 속에 가장 맛있었던 음식이 바로 이때 먹었던 돼지고기구이이다.

생각해보면 아버지는 정말 큰 짐을 지고 사셨다. 4남 2녀의 적지 않은 자식을 홀로 책임지셨으니 그 버거운 삶의 무게가 얼마나 무거웠을까. 묵묵히 고기를 구워서 말없이 내게 건네주시던 아버지의 모습이 지금도 눈에 선하다.

옥수수는 내게 단순히 간식거리가 아니다

나는 여름이 좋다. 여름을 좋아하는 이유는 여러 가지가 있다. 여름 방학이면 산과 들, 바다로 놀러 갈 수 있다. 맛있는 과일도 풍부하다. 이 밖에도 여름을 좋아하는 이유가 많지만, 내가 추위에 약해서 겨울보다 여름이 좋기도 하다. 하지만 뭐니 뭐니 해도 가장 큰 이유는 옥수수를 좋아하기 때문이다.

나는 옥수수가 정말 좋다. 옥수수 특유의 냄새가 나면 가던 길도 멈춰 설 정도이다. 맛 자체가 좋기도 하지만, 옥수수 익는 냄새는 어릴 적 추억을 새록새록 피어나게 한다. 뭔가 알 수 없는 따스함과 편안함도 느껴진다. 어린 시절 마루에 모기장을 치고, 그 안에서 어머니가 옥수수를 삶을 때면 익기를 기다리며 군침을 흘리던 일, 잘 삶아진 옥수수를 하모니카 불 듯 먹던 일, 그럴 때면 멀리서 들려오던 소쩍새 울음소리…, 평화롭던 어린 시절이 생각난다.

어머니도 옥수수를 무척이나 좋아하셨다. 내가 옥수수를 좋아하는 것도 모전자전일 것이다. 우리 집은 조그만 텃밭에 여러 가지 채소를 심어서 먹었다. 감자, 고구마, 고추, 상추, 호박, 심지어 수박과 참외까지…. 이런 여러 가지 채소와 과일뿐 아니라 밭 주위 두렁에는 빙 둘러서 옥수수를 심었다. 어머니가 밭에 가실 때면 나도 따라다니며 감자나 고구마를 캤는데, 그중에서도 옥수수를 따는 것이 가장 즐거웠다. 옥수수수염을 보면 어느 정도 익었는지 대강 알 수 있었다. 너무 익은 걸 따면 삶아도 딱딱하고, 덜 익은 것은 풋내가 나기 때문에 적당하게 잘 익은 것을 따는 것이 요령이다. 그 적당하다는 것을 고르기가 쉽지는 않지만, 아주 잘 익기 직전 단계가 가장 부드럽고 맛있는 옥수수이다. '미야자키 하야오' 감독의 영화《이웃의 토토로》를 보면, 주인공의 여동생인 '메이'가 염소한테 옥수수를 안 빼앗기려고 하는 장면이 나온다. "안 돼, 엄마 거란 말이야"라는 대사 후에 염소로부터 도망치는 모습이 인상 깊다. 병을 앓고 있는 엄마를 위해 옥수수를 한가득 따서 가져다드리려는 메이의 마음을 누구 못지않게 잘 알 수 있다. 어릴 적 텃밭에 심었던 옥수수를 따 먹었던 추억, 대학 시절 어머니와 서울에서 함께 지낼 때 시장에서 장을 보고 간식으로 옥수수를 사 먹던 기억이 새롭다. 치매로 고생하실 때도 어머니는 옥수수를 맛있게 드셨는데, 내가 옥수수를 사 드리면 병원에서도 좋아하셨던 모습을 잊을 수 없다.

옥수수는 나에게 단순히 여름마다 먹는 간식거리가 아니다. 어머니와 함께한 추억이고, 어머니의 DNA를 새삼 확인하는 음식이다. 올여름에도 맛있는 옥수수를 배부르게 먹고 싶다.

《터닝 메카드》 감독으로 등극하다

인생에는 변곡점이 있다. 삼수 끝에 대학에 들어갔던 일, 직장을 그만두고 애니메이션 연출자가 되기 위해 일본에 갔던 일, 일본 애니메이션 스튜디오 '그룹 타크'에 취직되어 연출자가 된 일…. 돌이켜보면 삶의 갈림길에서 내가 선택했던 것이나 운명처럼 마주했던 일들이 내 인생에 크게 전환점을 마련해 주었다. 《터닝 메카드》라는 작품을 연출하게 된 것도 하나의 변곡점이었다. 맞지 않는 옷을 벗어 던지듯 어렵게 들어간 회사를 그만두고, 애니메이션 감독이 되겠다는 희망으로 일본에 가 열심히 산 지 17년 만에 만난 터닝 메카드. 이 작품은 나에게 애니메이션 감독이라는 입지를 공고히 해주었다.

터닝 메카드는 2015년 2월 방영을 시작한 작품으로, 우리나라 애니메이션으로서는 파격적인 내용이 많았다. 종전에는 없었던 패턴의 베틀을 보여줌으로써 어린이들의 열렬한 반응을 끌어냈다. 100여 편이 넘는 장편인데, 한국 애니메이션 역사에서 한 획을 그을 만한 성과를 거두었다고 생각한다. 터닝 메카드 시리즈는 일본의 장편애니메이션인 《포켓 몬스터》처럼 점점 진화를 거듭하고 있다는 평가를 듣고 있다. 이러한 작품 제작을 총괄하는 감독이 된 것은 나로서는 큰 행운이다.

애니메이션 감독에 필요한 자질에는 여러 요소가 있다. 애니메이션 기법과 관련한 이해, 영상 언어 공부, 미적 감각, 커뮤니케이션 전달 능력 등이 그것이다. 일본의 예술전문대학인 타크에서 CG 애니메이션 전공을 한 나는, 스튜디오 G·TAC에 입사했다. 1년여 촬영팀에서 일한 후 연출부로 자리를 옮겼는데, 이는 파격적인 일이었다. 처음으로 한국인을 채용한 것이 나였다는 것은 나중 알았지만, 이것 자체가 그동안의 격식을 깨뜨리는 결정이었다고 한다. 잘 알려져 있다시피 일본은 미국과 함께 세계를 장악하고 있는 애니메이션 강국이다. 소위 '재패니메이션'이라고도 부른다. 그만큼 애니메이션에 관한 자부심이 대단하다. 우리나라는 일본이나 미국의 하도급 계약 국가로 기술력이 있기는 하나 창조적인 프로덕션 부문에서는 약한 것이 여전한 현실이다. 지금도 그런데 예전에는 더욱 일본에서 한국인에게 연출과 대본을 맡긴다는 것은 상상할 수 없는 일이었다. 이런 의미에서 예외였던 나는 파격 1호였던 셈이다. 나는 이 기회를 놓치지 않고 애니메이션 감독 꿈을 이루기 위해 열심히 일했고, 그 기간이 10년이었다. 그동안 대략 100여 편의 TV 시리즈, OVA, 극장애니메이션 연출과 대본콘티을 맡았다. 이를 통해 애니메이션 감독이 갖추어야 할 자격을 두루 섭렵했다고 생각한다.

나는 2005년 귀국했다. 일본에서 오래 생활했으므로 한국 애니메이션 기업 사정에는 밝지 못했다. 이들에게 나는 그저 일본에서 온 연출가의 한 사람인 '홍 상'으로 통하는 정도였다. 내가 꿈꾸고 목표로 삼았던 감독 제의는 들어오지 않고 시간만 흘러가고 있었다. 점점 실망이 커질 무렵 다행히 '파프리카'라는 회사에서 감독 제의가 들어왔다.《장금의 꿈》이라는 창작 애니메이션 제작을 도와준 인연이 있는 기업이었다. 팽이를 소재로 애니메이션 시리즈를 만드는데, 감독으로 와 달라는 것이었다. 망설일 것도 없었다. 즉시 나는 회사를 옮겼다. 일본과 합작한 작품에서 한국 측 감독을 경험한 일은 있었지만, 온전한 감독으로서는 이때 만든 《탑 플레이트》라는 스포츠 물이 나의 첫 감독 작품이었다. 하지만 수많은 시행착오를 겪으면서 열심히 만든 이 작품은, 흥행에는 그다지 성공하지 못했다. 다만, 감독으로서 큰 깨달음과 경험을 얻었다는 것이 소중한 자산으로 남았다.

이 작품 이후 만든 것이 터닝 메카드이다. 이 무렵에는 감독으로서 충분히 준비돼 있었다. 일본에서의 10여 년간 연출 경험을 쌓은 것과 이전 작품의 실패를 통해 단단해져 있었으므로 터닝 메카드에 그동안 갈고 닦은 나의 애니메이션 연출 역량을 제대로 쏟아부을 수 있었다. 이 결과, 큰 성과로 나타났다. 나 자신도 이 작품을 통해 진정한 애니메이션 감독으로 등극했다는 생각이다.

터닝 메카드가 한참 인기를 얻고 있었던 2015년 추석, 아버지·어머니가 묻혀 계신 곳에 성묘하러 갔다. 고생하신 부모님께 마음속으로 "걱정 많이 하신 막내가 뜻을 이뤄 인사드린다."라고 감사의 인사를 올렸다.

애니메이션 기법은 일본에서 배웠지만, 미적 시각이나 정서적인 감각은 부모님과 고향의 자연에서 얻었다고 생각한다. 부모님의 헌신적인 사랑은 세상을 따뜻하게 볼 수 있는 가슴을 갖게 했고, 어릴 적 친구와 뛰놀던 시골의 자연은 아름다운 직관과 조화로운 직조 능력을 내게 심어줬다.

지금도 눈을 감으면, 저녁놀이 물들어 있는 개울가에서 놀던 나에게 어머니가 부르시던 목소리가 들려온다.

"헌표야, 밥 먹어!"

"형제들,
부탁받으면 거절을 잘 못 해요"

어떤 것을 알아내기 위해 그 어떤 것에만 집착하다 보면 실체를 제대로 살필 수 없게 될 수 있다. 이럴 때 오히려 주변부터 접근함으로써 그 어떤 것에 좀 더 가까이 다가 갈 수 있다. 홍 씨 사형제 부인들을 만난 것도 이와 같은 의도에서였다. 형제끼리의 말만으로는 드러나지 않았던 다른 모습, 그러니까 사형제의 우애에 관한 부인들의 다른 시각을 찾아보기 위해서였다.

결론적으로, 만족할 만한 성과를 얻지는 못했다. 외려 사형제의 견고한 우애 확인이었고, 동서끼리도 이에 못지않게 튼실한 애정 관계를 형성하고 있다는 덤까지 받았다.

애초에 부인들 이야기를 통해 사형제의 흠을 들춰보려던 심보가 잘못이었다. 비판이나 지적이 흥미를 유발하게 한다는 글의 속성은, 따뜻한 성품 앞에 맥을 쓸 수 없었다. 흉이 있다 해도 덮게 하는 이들의 정담에 백기를 든 이유이기도 하다.

맏동서(이미숙), 둘째(정원호), 셋째(김정희), 막내(김미라) 모두 동서끼리만 만날 수 있게 자리를 만들어 주어 고맙다며 오랜만에 즐거운 수다(?)를 쏟아냈다. 이 글은 그 내용이다. 진행은 송년식 시인이 맡았다.

"형님 소리 잘 나오던데요"

진행 만나서 반갑습니다. 아들 병간호 때문에 마음이 편치 않으실 맏동서도 그렇겠지만, 다른 분들 역시 바쁘실 텐데 시간 내주셔서 감사합니다.

사실, 오늘 이 자리는 홍 씨 사형제 흉 좀 보라고 만들었습니다. 형제들 원고를 읽어 보기도 하고 직접 여러 번 만나기도 했지만, 통 꼬집을 만한 걸 찾을 수 없더군요, 그래서 혹시 부인들을 만나면 좀 다른 얘기를 들을 수 있지 않을까 해서 자리를 마련했습니다. 깔아놓은 멍석에서 마음껏 이야기보따리를 풀어주셨으면 합니다.

맏이 고맙습니다. 덕분에 이렇게 동서끼리 한꺼번에 따로 만날 수 있게 돼서 기분이 좋습니다. 하지만 저는 형제간 불화가 일어나는 걸 한 번도 본 적이 없어서 딱히 드릴 말씀이 없어요. 오히려 서로 위하는 마음이 거의 일상이에요. 가령, 둘째가 글을 잘 쓰는데도 대학교에 가서 문학 공부를 못 하게 된 것을 형인 남편은 두고두고 얼마나 마음 아파했는지 몰라요.

둘째 워낙 형제 모두 심성이 좋아요. 아마 우애라면 어느 집안도 못 따라갈 거예요.

진행 아이고, 처음부터 이렇게 나오면 쓸 말이 없어지는데 어떻게 하죠? 사실, 우리 형제만 해도 어릴 때는 형제라고 생각하기 어려울 정도로 맹렬하게 싸웠거든요. 뭐, 정도 차이는 있겠지만, 싸우고 화해하면서 그러면서 우애도 다져지고 그러는 거 아니겠습니까?

맏이 어릴 때의 모습을 보지 않아서 그것까지는 모르지만, 제가 결혼한 지 만 40년이 넘었는데, 그동안 한 번도 형제가 다툰 걸 본 적이 없습니다. 아마 어릴 때도 마찬가지였을 거라고 봐요.

진행 맏이와 둘째, 사촌까지 군청에 함께 근무했던 것으로 압니다. 둘째는 면사무소에서 일하다가 입대했는데, 제대한 다음 날부터 군청에서 일하게 됐다고 하더군요. 알고 보니 군청 행정계에 있던 형이 동생 제대에 맞춰 발령을 내도록 손(?)을 쓴 때문이라던데, 쉴 새도 없이 까까머리인 채로 일하게 돼 불만이 있었을 것 같습니다만……

맏이 아마 하루라도 앞당겨 동생과 함께 일하고 싶어서 그랬을 거예요.

둘째 세월이 지나고 보니까 그때 형이 좀 너무했다는 생각이 들었을지 몰라도 그 때는 아마 제 남편도 좋아했을 거예요. 저도 결혼 39년 차 주부지만, 형제끼리 섭섭함을 갖고 사는 것 같지는 않아요.

셋째 형제 우애는 정말 본받을 만해요. 언젠가 애들 아빠와 영화를 보러 갔는데, 거기 가판대에 있는 《터닝메카드》 안내 책자를 보고 얼마나 반가워하면서 자랑을 하던지…… 또, 우연히 식사 자리에서 자식과 손자들 얘기를 하다 가 누군가 터닝메카드 얘기를 꺼내자 옆에 있던 사람이 "홍 국장(정표)의 동생이 바로 그 애니메이션 감독"이라고 알려줬거든요. 그러자 한바탕 터 닝메카드를 화제로 시끌벅적해지고, 애들 아빠는 기분이 좋아져서 그분들 께 표도 구해 주고…….

맏이 시동생이 볼 만한 작품이 있으면 병원으로 가끔 표를 가져오는데, 저도 덩 달아 으쓱해지곤 해요.

진행 형제끼리는 그렇다 쳐도 아내 처지에서는 불편한 점이 있을 수 있을 것 같 은데, 어땠는지요? 가령, 시아주버니나 시동생네 식구의 누군가를 도우려 면 무엇인가를 보태야 하는데, 그럴 때 혹시 남편이 과한 얘기를 하게 되면 불만이 생길 수 있을 거 아닙니까?

둘째 글쎄요, 그런 건 없었는데요.

셋째, 막내 (합창하듯) 저도 그런 건 없습니다.

맏이 저는 병원에 입원해 있는 아이를 보러 시동생이나 동서가 자주 와주어 고 마울 뿐이에요.

진행 둘째와 셋째는 동갑이지만, 외려 생일은 셋째가 이르던데 혹시 불편하지 는 않았는지요?

셋째 아니오. '형님' 소리 잘 나오던데요. 그리고 제가 좀 어려 보이잖아요. 호호호······.

진행 그러고 보니 그래 보이긴 하네요.

둘째 아유, 선생님까지 그러면 제가 뭐가 돼요.

(전부 웃음)

맏이, 한번 '필' 꽂히면 그대로 '직진'

진행 그런데 어쩌면 이렇게 부인들도 형제와 비슷합니까. 사형제도 그렇고, 부인들을 만나고 보니 제가 외려 머쓱해집니다. 수채화 같은 드라마보다는 뭔가 전개가 빠르고, 반전이 거듭되고, 자극적이고… 그런 데에 익숙해져서, 마치 그래야만 흥미를 줄 수 있다고 생각한 건 아니었는지 잠시 반성했습니다.
아무튼, 좀 화제를 돌리겠습니다. 어떻게 만나서 결혼하게 됐는지, 그 얘기부터 좀 들어볼 수 있을까요?

맏이 저는 광주군 실촌면 면사무소 근무 시절에 성원이 아버지(남편)를 만났어요. 그때 성원이 아버지는 총무과에서 행정직으로 있었고 저는 보건직으로 일했었거든요. 당시에는 보건소를 군 단위를 기준으로 설치했고, 면 단위에서는 지소를 두거나 여의치 않으면 면사무소에서 그 일을 대신했지요. 학생이나 주민을 대상으로 예방접종을 하는 게 주요 업무였습니다. 하는 일은 달라도 같은 과 직원이니까 자연스럽게 저를 눈여겨볼 수 있었을 테고, 업무도 어린 천사로 보일 수 있는 성격의 일이었으니까 관심을 가졌던 거 같아요. 물론, 저도 싫지 않으니까 만나기 시작한 거지만, 동네가 작다 보니 공개적으로 만난 게 아닌데도 금세 소문이 나는 거예요. 아직 가까운 사이가 아닌데도 소문이 실제보다 훨씬 가까운 사이로 만들어 버린 거죠.

그런데 성원이 아버지가 좀 끈질긴 면이 있어요. 가는 데마다 쫓아다니는 거예요. 출장 나가면 출장지에 따라오고……. 사실, 저는 면사무소에서는 10개월밖에 근무하지 않았고, 군청 보건소로 발령이 나서 자리를 옮겼는데, 거기에도 뻔질나게 찾아오는 거예요. 회식 자리에서도 오래 있을 수가 없었어요. 직원들이 있는 곳에서 나오라고 불러내고……. 이런 사람과 교제를 계속해도 되나 회의감이 들 정도였다니까요.

진행 정말 싫었으면 불러도 안 나가면 될 일 아니었나요?

맏이 어떻게 안 나가요. 그냥 앉아 있는 게 더 창피한데…….

셋째 아유, 아주버님 사랑이 대단하셨네요, 뭐.

막내 그러게요, 그런 멋진 면이 있으셨네요.

맏이 하여튼 꼼짝 못 하게 했어요. 남자 직원과 이야기를 나누는 것조차 못마땅해했었으니까요. '이 남자가 나를 끔찍하게 사랑하는구나'라기보다는 외려 부담이었어요.

둘째 아유, 형님! 아주버님 사랑이 넘치신 건데요, 뭐.

맏이 그게 너무 지나치면 집착이 되고 간섭이 되는 거지.

둘째 하지만 반대로 너무 부족하면 무관심이 되는 거잖아요.

맏이 하여튼 한번 '필'이 꽂히면 옆도 안 돌아봐요. 얼마 전에는 스마트폰에 바둑 '앱'(애플리케이션)을 깔아 드렸는데, 이거 때문에 아무것도 못 하는 거예요. 아이가 아프니까 과외선생님이 병원에 오셔서 공부를 가르치는데, 민망할 정도로 바둑에만 빠져 있는 거예요. 좀 안 보이는 데서 하든지…….

둘째 아유, 뭐 일부러 그럴 리 있겠어요. 한 가지에 몰두하다 보면 다른 건 전혀 입력이 안 된 거겠지요. 그런 집중력이 있으니까 학교 다닐 때도 내내 장학금 받으신 거잖아요. 제가 듣기로는 한 학기 장학금을 놓친 것에 자존심이 상해서 그다음부터는 열심히 공부해 졸업할 때까지 내내 장학금을 받으셨다면서요?

맏이　벼락치기로 장학금 받았다던데 뭐.

셋째　호호, 그럼 천재네요.

맏이　자존심이 강하긴 해요. 어릴 때도 집안이 가난해서 밥을 못 싸서 갈 때가 적지 않았는데, 같은 반 여자 친구가 도시락을 건네주면 쫄쫄 굶으면서도 끝내 그걸 받지 않고 교실 밖으로 나가고 그랬대요.

둘째　그러니까요. 그런 자존심이 있으시니까 내 여자라고 생각한 형님께 오로지 '직진'한 거겠죠.

겁이 많다는 것

맏이　자기 생각에 치우치면 상대 처지를 고려하지 못하게 될 수가 있잖아요. 그런데도 형님 뜻을 동생들이 너무나 잘 따라주니 참 대단하긴 해요. 제 생각에는 동생들 덕에 우애가 좋은 것 같기도 해요.

막내　그럴 리가요. 잘 이끌어주시니 따르게 되는 법이죠. 형제뿐 아니라 우리 동서들도 큰형님이 방향을 잘 정해 주시고 다른 형님들도 맞장구치니까 저도 그냥 편승하는 거죠.

맏이　사실, 저 귀한 딸이에요. 부모님이 결혼해서 10년 만에 저를 처음 낳았거든요. 그야말로 지성을 다해 낳은 자식이지요. 연탄 위에 신발이 타지 않게 올려두었다가 제가 교복 입고 방에서 나오면 가지런히 앞에 놔주실 정도였으니까요. 그런 제가 결혼하니까 "귀둥이가 천둥이가 됐다"고들 하셨죠. 결혼하고도 직장생활을 그만두지는 않았어요. 쌍둥이를 낳는 바람에 두 아이를 한꺼번에 키우기가 너무 벅차겠다 싶어 사직했지요. 21살에 결혼해 23살에 쌍둥이를 낳았는데, 주변에서는 "아기가 아기 낳았다"고 그랬습니다. 뭐 그때는 요새보다는 훨씬 결혼을 일찍 하기는 했지만, 당시 기준에서도 이른 편이었지요.

아기 낳기 전날까지 출근했는데 그다지 힘든 건 모르고 지냈어요. 그때는 몸무게가 42~43㎏밖에 안 됐고, 배도 그다지 나오지 않았고, 그래서 쌍둥이를 가진 줄도 몰랐어요. 그때 군청 보건소에 조산소가 있었는데, 그 조산소의 임 여사라는 분이 아기를 아주 잘 받는 분으로 유명했어요. 저도 그분에게 진찰을 받고는 했는데, 청진기를 양쪽에 댔던 거로 봐서 아마 쌍둥이인 걸 아셨을 겁니다. 근데 제게 전혀 얘기를 해주시지 않았어요. 아마 제가 걱정할까 봐 그러셨던 같아요. 애를 낳기 직전이었는데, 그분이 그날따라 보건소에 안 계셔서 병원에 갔더니 아이가 엄청 크거나 쌍둥이라는 거예요. 요새는 좀 흔해진 듯하지만, 그때는 쌍둥이가 귀했거든요. 의술이 발달하지 못한 탓도 있었을 거예요. 저는 겁부터 나서 펑펑 울며 보건소로 돌아왔는데, 당직자가 마침 아는 방사선과 직원이더라고요. 병원에서 들은 얘기를 전했더니 엑스레이를 찍어 주었는데, 그때야 쌍둥이란 걸 알게 됐지요. 그런데 쌍둥이는 보통 머리 위치가 서로 달라 수술해야 하지만, 우리 애들은 나란히 머리부터 먼저 나오게 앉아서 집에서 낳아도 되겠다는 거예요. 아이 낳는 고통은 알았더라면 병원에 갔었을 텐데 그걸 몰랐고, 그저 수술이 너무 무서워서 집에서 애를 낳았지요. 근데 출산 때 남편이 곁에 없었습니다. 병원에서 애를 낳는 것도 아니고. 무서워 죽겠는데 성원이 이바지는 제 비명이 무서워서 도망갔대요. 집이 군청과 가까운 곳에 있었으니까 보건소 구급차를 대기시켜 놓고는 숙직실에 가 있었다는 거예요. 그때 그 서운함이 얼마나 오래 가던지, 두고두고 우려먹게 되더라고요.

셋째 맞아, 아주버님 겁이 많으신 것 같더라고요.

맏이 언젠가는 쌀자루가 사람인 줄 알고 놀라서 방안으로 뛰어 들어온 적도 있었어요. 큰일 났다고 얼마나 허둥거리던지……

둘째 호호, 우리도 그래요. 베란다에서 그릇 떨어진 적이 있는데, 그 때문에 놀라서 얼마나 겁을 먹던지……

진행 하하, 이제야 남편 흉도 보고 얘기가 좀 풀리는 것 같네요. 근데 흉이라고는 했지만, 사실 겁이 많다는 바로 그 점이 공직생활을 평생 올곧게 걸어가게 한 바탕이었지 않을까 싶네요. 국민을 무서워하는 겁쟁이 공무원이 많아야 청렴한 공직사회가 되는 거 아니겠습니까. 두 분이 훌륭한 공직자로 평가 받은 것도 그 덕이 아니었을까 싶습니다.

형제 우애도 그런 점에서 비슷할 듯합니다. 부인들 관점에서야 혹시 좀 지나치다 싶을지 몰라도 그런 우애의 마음이 자연스럽게 동료와 주민에게 스며들어 민관 관계도 좀 더 부드럽고 따뜻했을 거 같은데요?

"형님보다 더 좋은 집에서 살 수는 없다"

둘째 저도 결혼이 일렀습니다. 당시 남편이 스물여섯, 저는 스물둘에 식을 올렸지요. 우리 부부 역시 형님네처럼 사내 커플이에요. 형님네는 면사무소에서 처음 만났다는데, 저희는 군청에서 처음 만났어요. 저는 내무과에 있었고, 남편은 당시 제대한 직후라 짧은 머리였는데, 병무를 담당했어요. 마치 군인이 군 관련 업무를 맡는 것처럼 보였지요.

주로 제게 쪽지를 건네 데이트 신청했어요.

진행 문학도였으니 감동을 주는 문구나 더러 달콤한 말도 들어 있었을 것 같은데, 어떤 내용이었는지 궁금합니다.

둘째 아유, 그런 건 거의 없었어요. 그냥 정 양, 어디에서 몇 시에 만납시다, 뭐 그런 정도였지요.

셋째 정 양? 호호호, 그렇게 호칭했었어요? 미스 정, 아니면 원호 씨, 그렇게 부른 게 아니고요?

(한바탕 웃음)

진행 사실, 외래어보다는 순수 우리말이나 한자어로 된, 우리가 자주 쓰는 말을 사용한다는 측면에서 보면 '정 양'이 더 나은 호칭법이기는 하지요. 물론, 그 당시에는 주로 나이 드신 어른이 어린 처녀에게 붙이는 호칭이었으니까 나이 차이가 그다지 나지 않는 사람 사이에서는 좀 어색할 수 있었겠지만요. 그럼 '홍 군' 하고 대응하지 그러셨어요?

둘째 아무튼 남편이 그때는 저를 그렇게 불렀어요. 그때는 그렇게 불러도 특별히 이상하게 느끼지는 않았어요. 저는 20대를 시작하는 나이였고 군대까지 다녀온 남편은 나이보다 훨씬 어른스러워 보이기도 했고요

제가 지금은 이래도 한창 재기발랄할 때는 인기가 많았어요. 아까 형님도 얘기하셨지만, 광주는 동네가 작아 금세 소문이 도는 도시예요. 근데 아니 땐 굴뚝에 연기가 나는 거예요. 만나는 남자가 있는 것도 아닌데, 연애한다고 소문이 나고. 지금 생각하면, 호호… 제가 좀 예뻐서 그런 거지만, 선이 무척 많이 들어왔어요. 그때는 그게 싫어서 벗어나고 싶은 마음도 있었어요. 그렇지만 나이도 어리고 결혼 생각은 없었는데, 남편이 '정 양, 나만 믿고 따라오라'고 그러는 거예요. 믿음직하고 착하고 그러니까, '그래, 이 정도면 결혼하자' 생각한 건데, 그때는 어려서 그랬지 지금이라면 그리 쉽게 결정하지는 않았을 거 같아요, 호호호!

정말 수도 없이 이사했어요. 남편이 군청에서 일할 때만 대여섯 번은 이사했을 거예요. 심지어는 동창 집에서 살기도 했어요. (잠시 말을 끊었다가 갑자기 울음) 그런데요, 형이 150만 원짜리 전세로 살고 계시니까 우리는 100만 원짜리에서 살아야 한다는 거예요, 남편이……

진행 아니, 그게 무슨 말씀입니까. 지금이 부족해서가 아니라 넉넉하더라도 형님보다 더 좋은 집에서 살 수는 없다는 얘긴가요?

둘째 네, 그랬어요. 돈도 여유가 없었지만, 있었다고 해도 그랬을 거예요. 선생님 말씀처럼 '뭐 그렇게까지……'라고 저도 처음에는 그렇게 생각한 적이 있지만, 한편으로는 참 좋아 보였어요. 이런 게 우애이고, 질서이고, 참 귀한

모습이다 하는······.

도청으로 근무처를 옮기게 돼 수원으로 이사했는데, 거기에서도 13평짜리 서민 아파트에 살았어요. 아마 줄 잡아도 열 번 이상 이사했을 거예요. 남편과 가정을 위해서, 그리고 최소한 여자 때문에 형제 우애가 금이 가게 하는 일은 없게 하겠다고 결심해서 참고 열심히 살았지만, 그 세월을 견디고 산 거 생각하면 눈물부터 나와요.

진행 원고에도 결혼 28년 만에 방 3개짜리 아파트에 살게 됐다는 얘기가 나오던데, 그 오랜 세월 얼마나 고생이 많으셨겠어요. 아이고, 저 역시 하도 수없이 이사해서 듣기만 해도 코끝이 찡합니다. 하지만 아무리 우애라고 한들 전셋값이나 집 크기까지 고려해야 한다는 건 좀 너무하지 않나 싶은 생각이 드는데, 어떻게 생각하세요?

셋째 저희도 신혼여행을 제주도로 갔어요. 형님들이 나라 밖으로 신혼여행 하지 않았기 때문이라는 게 그 이유였어요.

진행 불만은 없었나요?

둘째 뭐, 그게 집안 문화인데, 받아들여야지요. 그런 거 때문에 불만은 가져 본 적은 없어요. 장점일 수 있는 거니까.

셋째 맞아요. 다소 섭섭할 수도 있겠지만, 좀 고생이 되더라도 그 덕분에 저축할 수 있으니까.

"그날 후 단 한 번도 수영을 한 적 없어요"

진행 재밌네요. 두 형님네 내외는 모두 공무원으로 사내 커플인데, 셋째와 막내는 좀 다를 거 같은데, 어떻게 만나게 됐는지요?

셋째 저는 언니가 운전면허시험장에 갈 때 덩달아 자격증을 따겠다고 따라갔다가 애들 아빠를 만났어요. 그때, 다른 건 다 거주지 부근에서 하면서도 주행

시험만은 다른 곳에서 했었거든요. 아마 주행시험을 치르기에 적합한 넓은 터가 필요해서 그랬을 거예요. 주행시험장이 이천에 있었는데, 이 때문에 저는 잠실에서, 애들 아빠는 곤지암에서 그곳으로 가게 된 거지요.

처음에는 애들 아빠 존재조차 몰랐어요. 시험을 보고 집에 왔는데, 언니가 웬 대학생이 옆에서 이런저런 얘기를 하는데, 참 괜찮아 보이더라고 하는 거예요. 그런가 보다 했지요. 그런데 언니는 붙고 저는 떨어지고, 애들 아빠도 그때 계속해서 시험에 떨어져서 그랬는지 이상하게 주행시험장에 갈 때마다 만나게 되는 거예요. 저는 언니랑 잠실에서 살았지만, 시험 볼 때는 엄마가 계시는 이천에 있었거든요. 근데 주행시험장에 갈 때는 지정된 장소에서 셔틀버스를 타고 갈 수 있었지만, 시험이 끝나고 돌아갈 때는 거주지가 다 달라 버스를 운행하지는 않았어요. 그래서 멀리 있는 길을 걸어서 나와야 했는데, 정류장까지 동행하게 된 거죠. 애들 아빠는 시외버스를 타고 곤지암으로 돌아가고 저는 이천의 어머니 집으로 향하기 전까지 이런저런 이야기를 나눴는데, 그게 시험에서 자꾸 떨어지니 몇 번씩 됐던 거고, 그러다 보니 친해진 거죠. 하지만 뭐 그때까지도 전화번호를 주고받을 만한 사이는 아니었어요.

정말 가까워진 건 수영장에서였어요. 어느 날이었는데, 운동하러 들어서는데 코치가 말하기를 누가 기다리고 있다는 거예요. 가 봤더니 애들 아빠가 수영하면서 저를 기다리고 있더라고요. 알고 보니까 그전에도 몇 번 왔는데 제가 운동하는 시각이 언제인지 모르니까 왔어도 못 만나고 그랬던 거예요. 코치가 알려주지 않으니까 할 수 없이 방문 시각을 바꿔 가면서 들락거린 건데 그날 기어코 목적을 이룬 거죠. 그런데요, 재미있는 건 그때 이후 저는 애들 아빠가 수영하는 걸 단 한 번도 본 적이 없다는 사실이에요.

둘째 그러니까 순전히 동서를 만나려고 수영장에 갔다는 얘기네.

맏이 그러게, 지극한 사랑이라네.

막내 그래서 결혼은 어떻게 이루어졌어요?

셋째 아버님이 무척 반대했어요. 조실부모한 사람이고, 나이도 더 많다는 게 이유였어요. 제가 애들 아빠보다 네 살 더 많거든요. 애들 아빠도 부모가 반대하는 걸 막 밀어붙이는 사람도 아니었고……. 저 역시 만나기는 했지만, 결혼 상대로는 생각지 않았죠. 오빠도 없고 남동생도 없었으니까 한 번씩 만나기는 했어도 친구들 만나 수다 떠는 게 더 좋았거든요.

그런데 어느 날, 애들 아빠가 운동복 바람으로 저를 찾아왔어요. 결혼 상대도 아닌데 왜 자꾸 저를 만나느냐고 아버님께 굉장히 혼났다는 거예요.

둘째 그런 얘기까지 다 했어요?

셋째 네, 뭐 어디 하소연할 데도 없고 그랬나 보죠. 아무튼, 얘기하다가 너무 늦어서 그날 제가 모텔까지 바래다줬는데, 그걸 친척분이 봤나 봐요. 뭐 제가 평소 행실이 바르니까 집안에서는 달리 생각지 않았고 오해가 확대되지도 않았지만, 그 일로 조심하게 됐죠.

1990년대 초에는 큰일이 한꺼번에 겹쳤어요. 1991년에 아버님이 돌아가시고, 이듬해에는 엄마가 돌아가셨어요. 그리고 얼마가 지났는지 잘 기억이 안 나지만, 어느 날 꿈을 꿨는데 돌아가신 아버님이 한복을 잘 차려입고 우리 집 안방으로 들어오시는 것이었어요. 마치 큰절로 인사하라는 것 같았거든요. 그리고 얼마 안 있다가 어머님께 오라는 연락을 받고 갔는데, 그 자리에서 "정표가 다른 여자에게는 결혼할 거 같지도 않고, 너무 늦게 가약을 맺으면 아이 낳기가 어렵게 되니까 식을 올리라"는 거였어요. 그래서 만난 지 7년 만인 1993년 결혼하게 됐죠.

진행 그럼 아버님은 꿈에서 말고 실제로는 한 번도 뵌 적이 없었나요?

둘째 딱 한 번 뵈었어요. 아버님 환갑 때였지요. 워낙 결혼을 반대하신 분이니까 가야겠다는 생각은 하지 않았는데, 애들 아빠 친구들이 차를 몰고 같이 가자고 찾아온 거예요. 그런데 아니나 다를까, 갔는데 아버님이 눈길 한번 안 주시는 거예요. 꿔다 놓은 보릿자루 신세가 됐는데, 다행히 작은형님이 반갑고 따뜻하게 맞아주시더라고요. 얼마나 고맙고 위로가 됐는지……

맏이 아버님 성격이 원래 무뚝뚝해요. 싫어서는 아니셨을 거예요. 속으로는 흐뭇하셨을 텐데, 그렇다고 그동안 반대했었는데 새삼스럽게 버선발로 맞을 수는 없었을 거 아니에요.

둘째 맞아요. 표정이나 말투가 그렇게 느끼게 했을 거예요. 저도 시집살이할 때 아버님이 뭐라 하신 걸 못 알아들으면 되물어야 하는데, 그걸 아버님께 묻지 않고 어머님을 통해 확인하고 그랬거든요. 형제들도 아버님을 어려워했는데 며느리야 뭐 말할 것도 없죠. 하지만 무서워서가 아니라 뭐라 할까, 위엄 같은 거죠.

셋째 사실, 애들 아빠도 우리 엄마를 딱 한 번밖에 못 봤어요. 엄마가 결혼 전에도 애들 아빠를 꽤 좋아했는데, 전화를 받으면 왜 그런지 낯설지 않고 정감이 간다고 그러셨거든요. 근데 직접 마주한 적은 없었어요. 병원에 입원해 계셨던 어느 날 깨끗하게 씻고 단장해서 갑자기 왜 그러시나 했는데, 알고 보니 그날 예비 사윗감이 병문안하러 오게 돼 있어서 그랬던 거예요.

10년이 넘었어도 그때처럼

막내 저희는 일본에서 처음 만났습니다. 그때가 2002년이었지요. 선배 소개로 처음 만났는데, 지금도 그때 기억이 생생해요. 찢어진 청바지에 머리는 곱슬머리의 단발, 게다가 골초……

맏이 오, 그래? 애들 삼촌, 담배 안 피우시는데……. 그때는 긴장했었나 보다.

막내 아무튼, 차림새도 이상하고 담배도 연신 피워대고……. 처음에는 좀 거부감이 들었는데, 이야기를 엄청 재미있게 하는 거예요. 이야기를 듣다 보면 다른 이야기도 궁금해지게 하는, 묘한 재주가 있었어요. 무장 해제되고 말았지요.

그런데요, 두 번째 만날 때는 머리를 자르고 깔끔한 모습으로 나타나 전혀 다른 이미지로 변신한 거예요. 담배도 안 피우고……. 창작을 하는 사람이니까 늘 새로움을 추구하겠지만, 신선했어요.

셋째 애들 아빠도 골초였는데 끊었어요. 무엇이든 일일이 시키는데, 담배만은 자정이 돼도 직접 나가서 사곤 했지요. 제가 담배를 사면 혹시 오해를 받을까 봐 그랬던 거죠. 그런데요, 기사를 쓸 때면 냉면 대접에 콜라를 한가득 붓고 거기에 얼음을 가득 채워서 계속해서 담배를 물고 작업하는 거예요. 아유, 저러다 금세 병 생기겠다고 걱정했는데, 어느 날부터 안 피우더라고요. 의지가 있어서라기보다는 몸에서 안 받으니까, 담배만 피우면 속이 안 좋으니까 저절로 끊은 거죠.

둘째 그래도 의지가 없으면 못 끊어요. 의사가 죽는다고 경고해도 여전히 담배 못 끊는 사람 많고, 감기로 콜록거리면서 여전히 틈만 나면 담배 피우는 사람도 많아요.

맏이 성원이 아버지는 의사가 권한 것도 아닌데, 어느 날 '나 안 피울 거야' 그러더니 그날 이후 담배를 딱 끊었어요.

진행 아유, 어쩌다 보니 흡연 얘기로 흘렀네요. 다시 막내 얘기로 돌아가죠. 사실, 자녀가 많은 집안에서는 맏아들이나 위의 형은 특별히 교육을 받지 않아도 대부분 참을성이 많고, 희생하면서 안정을 추구하는 성향이 있죠. 이와는 달리 아래 동생이나 막내는 상대적으로 자유분방하고 모험을 추구하는 경향이 있다고 봅니다. 어떻게 생각하는지요?

둘째 형제가 많으면 그 형제가 어떤 기질을 형성하게 되는지까지는 제가 잘 모르지만, 시동생들의 어린 시절 무렵에는 아버님이 건설 일을 하셨고, 형과 누나들도 직장생활을 하고 있어서 집안 형편이 좋아졌다고 들었거든요. 환경 자체가 달랐으니 좀 더 여유가 있었을 거예요.

셋째 저도 그 얘기는 들었어요. 애들 아빠 낳고 나서 형편이 풀리기 시작해 특별히 귀여움을 받고 자랐다고 하더라고요. 막내 때는 더했겠지요.

막내 형이나 누나들과 비교해서는 그렇겠지만, 헌표 씨도 어렵게 아르바이트를 하며 어학원에 다니고 학교에도 가고 그랬으니 고생이 많았지요. 그런데 그런 내색은 잘 안 해요. 뭐 고민 얘기를 전혀 하지 않은 건 아니지만, 워낙 유머가 많고 그래서 그런지 저에게는 연애가 재미있고 즐거움으로 채워졌어요.

아무튼, 2005년엔가 한국에 간다고 그러면서 동행을 요구해 따라갔는데, 그때 어머님께 인사드리고 결혼도 하게 됐죠.

진행 혹시 헤어질 위기에 처해 본 적은 없었는지요? 살다 보면 갈등이 생기기 마련이고, 그러다 보면 싸움이 심해져 심한 소리가 날 수 있고……. 뭐 이혼 얘기까지 오가지는 않더라도 한두 번쯤 이렇게 살아야 하나 하는 생각을 해 볼 수 있었을 텐데요?

둘째 저는 "지금도 이혼을 꿈꾼다, 기회만 와라" 그런 소리 뱉어요. 하지만 말이 그렇지, 그냥 농담 삼아 엄포 놓는 수준이지요. 남편 잘되기를 빌며 수많은 세월을 견디며 살았는데, 이제 좀 편해지고 나이도 들었으니 그런 말 하는 거지, 새삼스럽게 뭘 어쩌겠어요?

셋째 저는 신혼 초에 그런 생각 한 적 있어요. 결혼 전에는 말도 잘하던 사람이 싹 변한 거예요. 일주일 내내 술 마시고 늦게 들어오고, 일요일이면 피곤하다면서 종일 잠만 자고……. 그냥 혼자인 친구랑 같이 살 걸 그랬나 하는 생각이 들어 결혼 1년 만엔가 언니에게 울면서 하소연했더니 언니가 그러는 거예요, 혼자 살 듯 살면 다 해결된다고요. 정말 그렇더라고요. 요새는 누가 이혼 얘기하면 말려요, 언니 말 이용하면서 더 살아보라고요.

진행 막내네는 어떤지요?

막내 저희야 아직 신혼인데요 뭐, 호호호!

둘째 아유, 결혼한 지 10년이 넘었는데 신혼이라고? 우리를 놀려요!

맏이 알 거 다 알 많은 나이(홍헌표 39, 김미라 37)에 결혼(2006년)했으니 오히려 애정 전선이 청춘인 게지.

베풀면 후대에서라도 복 받는다

셋째 원고에 어머니가 셋째아들 보러 인천에 오셨었다는 얘기는 없던가요?

진행 네, 있었지요. 소풍 가기 직전 고향에서 도시락을 싸 들고 주안까지 오셨다는 얘기.

셋째 친구들과 어울려 노느라 공부도 안 하고, 담배도 피우고 그랬는데, 그날 어머니의 방문을 계기로 정신 차리고 열심히 공부했다 하더라고요.

맏이 지금 생각하면 참 정성이지요. 그냥 주안에 도착해 사서 전해도 될 일을, 직접 만들어서 그 먼 아들이 있는 데까지……

둘째 그러셨으면 그런 결심을 안 했을지도 모르지요. 비록 장시간 들고 오시느라 그새 음식에 습기가 빠져나가겠지만, 그런 밥을 먹으면서 얼마나 뭉클했겠어요.

진행 아이들 얘기도 듣고 그래야 좀 더 대화가 무르익을 텐데 이런저런 얘기를 나누느라 벌써 시간이 이렇게 지났는지도 몰랐네요.

맏이 아이 얘기만 나오면……. (병실에 누워 있는 성원이 때문인지 금세 눈물 그렁그렁)

진행 아이고, 미안합니다. 아픈 이야기인데…….

시간이 많이 흘렀기도 하고, 좀 방향이 빗나가는 얘기이기도 하니까 자녀 얘기는 다음 기회에 듣기로 하겠습니다.

할 말이 많을 것 같은데, 한두 번의 만남에 어찌 속사정 얘기를 다 할 수 있겠는지요. 다만, 만남의 애초 목적이 형제애에 관한 이야기를 듣기 위해서였으니까 이를 주제로 정리해 본다는 차원에서 한두 마디씩 듣는 것으로 좌담을 마칠까 합니다.

맏이 저는 아이가 살아 있다는 것만으로도 감사해요. 좋을 때는 안 보이던 것도 바닥에 떨어져 보면 다 고맙게 생각되더라고요. 우리 부부는 성원이 때문에 잃은 것도 있지만, 그 아이를 통해서 얻은 게 더 많아요. 무엇인가를 해줄 수 있다는 건 정말 감사한 일이에요. 형제들이 바로 그런 거 같아요.

병원에서 성원이를 간호하며 물리치료를 배웠는데, 같은 자세로 계속 일하는 게 나쁘다든지 어떻게 하면 근육을 이완시켜 움직임을 편하게 할 수 있는지 등을 배울 수 있었고, 다른 사람에게도 이렇게 배운 걸 많이 베풀었지요.

둘째 제가 보기에 이 집안의 형제애는 부모에게서 비롯된 것 같아요. 형제 모두 공통으로 효성이 지극한데, 그 효성이 우애로 이어지는 거 같아요.

진행 네, 맞아요. 효성과 우애가 따로 놀지는 않는 것 같더군요. 그 왜 '형님 먼저 아우 먼저' 하는, 형제가 서로 한밤중 볏짚을 나르다가 만나게 돼 엉엉 울었다는 이야기 말이에요. 그것도 효성이 바탕으로 깔린 얘기거든요.

셋째 사실, 공직자도 그렇겠지만, 언론사에 있는 사람도 참 부탁을 많이 받아요. 그런데 부탁을 받으면 일을 성사시키기 위한 사전 작업이 필요하고, 성사된 후에도 인사치레해야 하니 간단한 일이 아니거든요. 그나마 감당할 만한 일을 부탁하는 게 아니라 해줄 수가 없는 무리한 부탁도 하는데, 안 해주면 섭섭해하고……. 그런데 애들 아빠도 그렇고 형제들이 모두 잘 거절을 못 하더라고요.

막내 생각하기 나름인 거 같아요. 헌표 씨도 감독이니까 그런 일이 없지는 않지만, 아무래도 공직사회나 언론보다야 좀 덜하겠죠. 남에게 맡기기보다 직접 하는 스타일이기도 하고, 베풀면 복을 받는다, 내가 못 받아도 자식이 받는다고 생각하는 편이에요.

넷이 따로 또 같이
ⓒ홍종명·홍승표·홍정표·홍헌표

초판 1쇄 인쇄 2018년 12월 12일
초판 1쇄 발행 2018년 12월 17일

지은이　홍종명·홍승표·홍정표·홍헌표
펴낸이　변성진
디자인　위미디어

펴낸곳　도서출판 위
주　소　경기도 파주시 광인사길 115(문발동 507-8)
전　화　031-955-5117
팩　스　031-955-5120

ISBN　　979-11-86861-03-5